Was für ein Volldepp

Bibliografische Information der Deutschen Nationalbibliothek:
Die Deutsche Nationalbibliothek verzeichnet diese Publikation in der Deutschen Nationalbibliografie; detaillierte bibliografische Daten sind im Internet über http://dnb.d-nb.de abrufbar.

Herstellung und Verlag:
Books on Demand GmbH, Norderstedt
ISBN 978-3-7322-3039-6

FÜR MEINE ZWEI LIEBSTEN:

IN LIEBE!

1. Einleitung
2. Der geilste Job der Welt 6-24
3. Das große Geld 25-38
4. Spanien 39-46
5. Schalke 47-55
6. Auswandern 56-68
7. Rückkehr 69-80
8. Ganz unten 81-84
9. Comeback 85-91
10. Paulina 92-96
11. Mausebär 97-101
12. Lena 102-105
13. Das große Wiedersehen 106-111
14. Der 30. Geburtstag 112-116
15. Der Anfang vom Glück 117-119
16. 17.11.2006 120-122
17. Umzug ins Nirgendwo 123-132
18. Urlaub 133-146
19. Schlusswort

Einleitung

Es war der 17. Mai 1998, mein zwanzigster Geburtstag. Eigentlich hätte ich zufrieden sein müssen. Aber auch nur eigentlich. Seit Tagen regnete es wie aus Kübeln, die Heizung lief auf Hochtouren und meine Idee im Biergarten feiern zu wollen, konnte ich vergessen. Auch beruflich trat ich auf der Stelle, denn das vermeintlich gute Jobangebot entpuppte sich als absoluter Reinfall, kurz und knapp: mich kotze alles an. An einem solchen Tag zieht man die erste Bilanz in seinem Leben, und die fiel in meinem Fall äußerst bescheiden aus. Sämtliche Ziele die ich mir gesteckt hatte, wurden konsequent verfehlt. Was hatte ich alles für Träume. Einen geilen Job, eine coole Freundin und bloß keine Kinder. Wenigstens letzteres wurde mir erspart. Auf dieser Seite hatte ich Glück, bei den anderen etwas weniger. Anstelle einer coolen Frau, war meine Begleiterin, nun ja, sagen wir mal etwas fülliger. Bei einer Wahl zur Miss-Sahnetorte würde sie locker unter die ersten fünf kommen.

Seit der Beendigung meiner Ausbildung arbeitete ich ununterbrochen in verschiedenen Steuerkanzleien. Das waren nun schon fast zwei Jahre und ich brauchte dringend Zeit, um mir über einige Dinge Gedanken zu machen. Da der jetzige Job sowieso nicht meinen Erwartungen und Ansprüchen entsprach, beschloss ich meine Kündigung zu provozieren.

Kapital 1. Der geilste Job der Welt

Nach meinem unrühmlichen Ausscheiden aus der Steuerkanzlei Hintereder, musste ein neuer Job her. Nach zahlreichen schlaflosen Nächten, die ich mal wieder vor dem Computer als Trainer des Jahres vollbrachte, kam ich dann doch auf die glorreiche Idee mal beim Arbeitsamt vorbei zu schauen.

Entweder hatte meine zuständige Sachbearbeiterin seit langen keinen Sex mehr, oder gerade deshalb. Auf alle Fälle war ihre Laune an diesem Tag so schlecht, dass der 11. September dagegen der reinste Feiertag war. Auf Ihrem Schreibtisch lagen exakt drei Blätter, davon war eines die Speisekarte der Beamtenkantine. Bei meinem fröhlichen heran schreiten, an ihren überfüllten Schreibtisch, und einer noch fröhlicheren Begrüßung hörte ich nur:

„Jeder Steuerhinterzieher in Stadelheim bekommt ein besseres Essen." Sie sie jetzt vom Gegenteil zu überzeugen fand ich nicht den geeigneten Zeitpunkt.

„Und was wollen Sie von mir?" schallte es mir unwirsch ins Gesicht.

„Einen Big Mac, sechs Nuggets und ne Cola wär nicht schlecht!!!"

Jetzt hatte ich wenigsten ihre ungeteilte Aufmerksamkeit. Aber auch nur so lange, bis ein weiterer überarbeiteter Beamter in das Zimmer eilte (soweit das bei Beamten überhaupt ginge). Jetzt befand ich mich mitten in einer Diskussion, ob es wirklich angebracht sei, in einer deutschen Kantine Fleischpflanzerl ohne Schweinefleisch anzubieten. Der eine Beamte, der so aussah als hätte er schon den halben argentinischen Rinderbestand auf den Hüften, argumentierte, dass es ja auch keine Kirchen in der Türkei gäbe. Außerdem würde da eh nur alles gefälscht, was er im letzten Urlaub am eigenen Leib erfahren hätte. Ich schaute aus meiner mitgebrachten Bild-Zeitung auf, und fragte vorsichtig was denn da passiert sei? Jetzt hatte der dicke Vorzeigebeamte einen Puls wie Felix Baumgartner kurz vor dem Weltraumsprung.

„ Verorscht ham Di mi !!!!"

„Aba mei so richtig", schallte es durch die Amtshallen. Sogar der schwerhörige Pförtner konnte es noch hören.

„Wie verarscht?" Fragte ich nach, schon mit einem kleinen Grinsen auf den Lippen.

„Ja mei, halt verarscht!!! „

„Aber wer vermutet denn auch einen so großartigen Beschiss, wenn der Verkäufer auf seine anatolische Großmutter schwört."

Jetzt legte ich die Zeitung ganz zur Seite und wurde erst recht neugierig!

„ORIGINAL hat der gsogt!!!"

„ ORIGINAL", schallte es aus seinem hochroten Beamtenkopf. Einen halben Liter Hugo-Boss Parfüm für zehn Euro und das auch nur weil Sommerschlussverkauf war. Wer kommt denn da schon auf den Gedanken, dass da was nicht stimmen könnte??

Aber warum regt sich denn der selbsternannte Schnäppchenjäger so auf, dachte ich mir, ist doch ein fairer Preis für gepantschtes Wasser. Vielleicht lag es aber auch daran, dass seine Beamtenkollegen vom Münchner-Zoll sich ein wenig mehr über die türkische Marktwirtschaft informiert hatten und er saftig Zoll/Steuern/Strafe zahlen musste. Nach ungefähr zehn Minuten Monolog, in dem Sätze wie: Solche dürfen nie in die EU, gefallen sind, verabschiedete er sich von uns. Er müsste sich jetzt um wichtigere Dinge kümmern, meinte er. Es ist unglaublich, wie man in alten Gebäuden die Klospülung hört.

Jetzt war meine äußert gut aufgelegte Sachbearbeiterin und ich wieder alleine im Zimmer. Sie fragte mich abermals was ich denn hier eigentlich wollte, gerade jetzt, wo ihr Schreibtisch aus allen Nähten platzte. Noch ein blöder Spruch seitens der Staatsdienerin und ich würde mich auf irgendeinen Spargelfeld wiederfinden. Zusammen mit fünfzig Polen, mit weißem Gemüse in Schrobenhausen. Da weder mein Rücken, noch meine gute Laune darauf Lust hatten, entschied ich mich für Freundlichkeit gegenüber dem überarbeiteten Etwas.

„Einen winzig kleinen Job, aber nur wenn es keine Umstände macht", hauchte ich ihr entgegen.

„ Aber wenn es zeitlich nicht passt komme ich gerne morgen wieder."

„Ne ne passt schon, gibt heute eh nur Fraß in der Kantine, wissens jeder Steuerhinterzieher bekommt…."

„ Ja das stimmt, da haben sie völlig recht", unterbrach ich sie, in der Hoffnung dass sie irgendwann mal in den weisen Kasten schaut, der so hübsch ihren Schreibtisch zierte und mir endlich ein Jobangebot ausdruckt!

„Gelernt?"

„Was gelernt ??"

Konnte diese arrogante Tussi nicht in ganzen Sätzen reden? Doch bevor ich nach Luft hole um ihr mal meine unverblümte Meinung zu geigen, dachte ich an Schrobenhausen, Spargel, den fünfzig polnischen Kollegen und meinen kranken Rücken.

„Steuergehilfe!"

„Ist das nicht eher ein Frauenberuf?" Fragte sie mich und schaute unauffällig an mir herunter ob sie nicht irgendwas sehen konnte, was nach rosa aussah.

„Nein, lernen auch Männer, zwar nicht viel aber ein paar schon" erwiderte ich, und sah so etwas wie Genugtuung in ihren Augen, so als ob sie recht hätte. Nach längerem bearbeiten der Tastatur und noch längerem Fluchen auf das neue Computerprogramm, kam die ernüchternde Antwort:

„Buchhalterin äh sorry Buchhalter werden momentan nicht gesucht. Aber Spargelernte wäre jetzt gerade."

„Gibt's was anderes? Mein polnisch ist nicht so gut!"

Nach weiteren gefühlten zwei Stunden sinnlosen herein glotzen in den mittelalterlichen Monitor, dann die Antwort auf die ich gewartet hatte:

„Is grad was reingekommen, eine kleine Firma sucht ne Buchhalterin, aber Sie haben bestimmt auch gute Chancen", nickte sie erfreut!

Endlose Minuten später, in der sie die Stellenbeschreibung las, so als ob sie wie Moses gerade die zehn Gebote erhalten hatte, blickte sie erfreut auf und drückte mir den Wisch in die Hand.

„Steht alles Wichtige drauf!"

„Die machen sowas, was jetzt ganz neu ist. Irgendwie so Börsenberichte im Internet oder so", erklärte sie mir klugscheißerisch wie ein Medizinnobelpreisträger.

„So, und jetzt müssen sie mich aber bitte entschuldigen. Ich muss dringend in die Nachbarkantine, denn in unserer gibt es nur Essen das nicht mal Massenmördern vorgesetzt würde".

An diesem Vormittag hatte ich viel gelernt. Man sollte es tunlichst vermeiden, mit fünf Koffern Plagiate und einen halben Liter gepanschten Parfumkrug, wieder einzureisen.

Aber, was noch viel wichtiger war, dass es Steuerhinterziehern doch nicht so schlecht ginge.

Mit diesem Wissen und noch viel besserer Laune, schaute ich auf den Zettel den mir die Arbeitsamttrulla mitgegeben hatte.

...wir sind eine junge, aufstrebende Firma und suchen baldmöglichst eine Buchhalterin.

Baldmöglichst!! Das ist gut, dachte ich mir und zündete mir erst mal eine Zigarette an. Die hatte ich mir auch wirklich verdient, nach vier Stunden Beamtenwahnsinn. Der erste Zug ging direkt ins Kleinhirn und ich fing das Denken wieder an. Ich dankte Gott und allen Heiligen die ich kannte, dass sie mir die polnischen Spargelstecher erspart hatten. Aber das kurz erlangte Glücksgefühl wich schnell wieder, als ich mit meiner rechten Hand in meine Hosentasche langte. Wo früher eine dicke Beule voller Geld war, und mich die meisten Männer beneidenswert angeschaut hatten, weil sie was anderes vermuteten, war jetzt nur noch gähnende Leere. Langsam, mit einem kleinen Stoßgebet auf den Lippen, schaute ich mir den zuletzt verbliebenen Schein an. Schon an der Farbe erkannte ich, dass das kein berauschendes Abendessen werden würde, zumal auch mein Auto noch etwas zum schlucken bräuchte. Brüderlich haben wir uns den Schein geteilt, sieben Mark Benzin und drei Mark Zigaretten, die Lunge sollte ja schließlich auch nicht leben wie ein Hund. Auf dem Weg nach Hause war ich mit drei Dingen beschäftigt: Wie schreibt man eigentlich eine Bewerbung, was würde Real Madrid wohl für Roberto Carlos verlangen und wie weit kommt man mit drei Litern Sprit. Bei letzteren hätte ich mir wohl mehr Gedanken machen sollen, denn die letzten zwei Kilometer waren doch etwas beschwerlich. Mag ein Auto auch Mini heißen, es war trotzdem scheiße es zu schieben! Komischerweise hatte sich meine Laune nicht sonderlich geändert. Vielleicht lag es auch daran, dass ich mich schon auf das dumme Gesicht meiner Freundin freute. So war es dann auch. Die Tür ging auf, und was mich als erstes begrüßte, war die schon halbleere Chips-Tüte, gefolgt von einem halb abgenagten Schokoriegel. In meinen zahllosen schlaflosen Nächten hatte ich mir öfters überlegt, ob es nicht einfach besser wäre den Türrahmen zu vergrößern, als tagelang auf sie einzureden vielleicht nur eine Tüte von den frittierten Kartoffeln in sich rein zu stopfen. Wenn nicht die zwischenmenschliche Beziehung mit meinem Vermieter und mir so schlecht gewesen wäre, ich hätte den Antrag auch bei ihm gestellt. Hinsichtlich drei Monatsmieten Rückstand, sah ich aber weniger Chancen auf Erfolg. So blieb dann auch nur die Hoffnung, dass sie irgendwann nicht mehr in die Wohnung kommen würde als umgekehrt. Sichtlich genervt vom Anblick eines Kalorienhaufens, mit dem man halb Afrika zwei Monate locker ernähren könnte, schleuderte ich meine Schuhe in die Ecke. Ich begab mich auf direktem Wege auf meine Couch. Jetzt wurde natürlich auch Ihre Laune immer schlechter, die erste Tüte war verdaut und es kam anscheinend ein leichtes Hungergefühl bei ihr auf.

„Wo kommst du so spät her", raunzte sie mich an, so als Obelix seit drei Wochen kein Wildschwein mehr gegessen hatte.

„War bei deinen Kollegen!"

„Was, du warst bei Weight Watchers??"

„Nein, beim Arbeitsamt, du Vollsusi!"

„Was hast denn da gemacht?"

„Du, die haben da super essen zu einen echt fairen Preis, wäre auch was für Dich!"

In meinen Augenwinkeln sah ich, wie sie das Überlegen anfing, ob nicht die Essensgutscheine der Stadt München da auch gelten würden! Wenn sie so in Gedanken war, ging es meistens ums Essen, oder ob bei „ Unter Uns", der Till nicht lieber mit der Ute, anstatt mit der anderen was anfangen sollte. Auf alle Fälle konnte ich mich jetzt den wirklich wichtigen Dingen widmen, und zwar das Kaufangebot für Roberto Carlos an Madrid.

Während ich meinen Rechner hochfuhr, und mir gedanklich schon eine Höchstsumme zurechtgelegt hatte, erwachte mein Rosinenbomber aus ihrem Kalorienkoma und schrie mich an, so als ob alle Schokoladenfabriken dieser Welt brennen würden.

„Miete?""

Schon wieder eine, die nicht in ganzen Sätzen reden konnte!

„Was Miete?"

„Strom???"

Wenn jetzt noch Telefon kommt, stecke ich Ihr die frisch aufgemachte Erdnusstüte in den Mund, dachte ich mir und lächelte sie an.

„Ja mein kleiner Sumo-Ringer, was ist denn mit Miete, Strom und Telefon?"

„Bezahlt?"

„Fast!"

„Was bedeutet fast", keifte sie und lief genauso rot an wie der Beamte von heute Vormittag, der über seine Urlaubserlebnisse erzählt hatte. Musste wohl ein grundsätzliches Beamtenproblem sein.

„Ja fast heißt fast" und überlege nebenbei ob fünf Millionen für den Brasilianer nicht zu viel seien!

Und während sie unter dem Schrank nach einer verlorenen Erdnuss fischte, keifte sie abermals, dass ich es doch schon mehrmals versprochen hätte und nie was geschehen ist. Erst wenn hier der Strom abgestellt würde käme ich mal auf Wallung. Beim Wort Strom wurde mir allerdings auch mulmig, denn wie könnte ich, den gerade frisch erworbenen

Roberto Carlos spielen sehen, wenn kein Strom mehr da wäre.

„Ich ruf morgen beim Anwalt an und frage ob die Abfindung vom Hinterneder schon da ist", versuchte ich sie, eigentlich mehr mich, zu beruhigen.

„Du glaubst immer noch an die Abfindung", schallte es aus der Nähe vom Kühlschrank.

„Ja klar warum nicht?"

„Du hast Dich um 500.000 Mark verbucht und versucht das dem Lehrling anzuhängen, und jetzt willst Du noch ne Abfindung?"

Der Fall war nicht so einfach wie es auf den ersten Blick schien, versuchte ich meinen Fehler zu entschuldigen und der Lehrling ist ein Volldepp, der schafft die Prüfung eh nie. Eigentlich habe ich der Kanzlei nur geholfen, die hätten sich vor der Kammer nur blamiert, mit so einem Hirsch, erklärte ich ihr mein Verhalten.

„Du bekommst nie ne Abfindung!"

„Doch!"

„Nein!"

Insgeheim glaubte ich auch nicht an eine Abfindung, höchstens auf ein Unentschieden, aber auch nur dann wenn der Richter kurz vor der Pensionierung mit anschließendem

Lottogewinn stand. Ansonsten würden hier bald die Lichter ausgehen, was besonders tragisch wäre, weil nach längerem Verhandeln nun auch Giovane Elber mein Team schmückte! Gott sei Dank hatte ich meinem Auto noch drei Mark für Zigaretten abgequatscht, denn auf dem Klo, mit einer schönen Kippe kann ein Mann doch besonders gut denken. Und so kam es, dass ich mich doch tatsächlich an den Zettel erinnern konnte, der noch zusammengeknüllt, mit einem alten Kaugummi in meiner Jackentasche schlummerte. War da nicht eine kleine Internet-Klitsche die ne Buchhalterin sucht? Fertig geraucht schnipste ich die Kippe in die Kloschüssel, das war immer ein besonderes Highlight bei einer nichtrauchenden Freundin.

Beim Suchen nach dem Zettel hörte ich ein klägliches wimmern aus der Küche:

„Och Mensch, schon wieder keine Erdnussflips da, gibt´s doch gar nicht!"

Ich musste mich entscheiden. Versuche ich den örtlichen Stromanbieter zu beschwichtigen, in dem ich mir einen Job suche, oder rette ich meine Freundin vor dem sicheren verhungern?

Am anderen Ende der Leitung meldete sich ein Mann mit sehr komischen Namen:

„Hallo, hier ist Goldkowski!"

Mein erster Gedanke war, das alte Luder vom Amt hatte mich verarscht und ich bin volle Kanne beim polnischen Vorarbeiter des größten Spargelfeldes in Schrobenhausen gelandet.

„Hallo, Du suchen Buchalterin?"

„Ja!"

„Geht auch Mann?"

„Ja!"

„Bin auch net schwul!"

Mein großes Glück an diesem Tag war es wohl, dass es einen großen Fachkräftemangel in München gab, denn auch trotz dieses Telefonats wurde ich zu einem Vorstellungsgespräch eingeladen.

Zwei Tage später war das Gespräch. Ich hatte auch jede Stunde gebraucht, um meine sämtlichen Unterlagen zu suchen. Als ich alles zusammen hatte, und wirklich keine Lust mehr verspürte zum Fotografen zu gehen, entschloss ich mich ein Bild aus dem Urlaubsalbum zu nehmen. Da nur ich mich auf den Job bewarb, mussten meine Kumpels aus dem Gruppenbild weichen. Ebenfalls die Aufschrift Ballermann 6 und die Sangria-Eimer. Die Sonnenbrille auf den Kopf zu retuschieren ging beim besten Willen nicht mehr. Beim Lebenslauf musste ich ebenfalls meine Kreativität spielen lassen. Ich glaube kein neuer Arbeitgeber liest gerne:

500.000 Mark verbucht und dem Lehrling angehängt!
Abfindung hängt von der Milde des Richters ab!

Das Gespräch fand in den Büroräumen der Firma statt. Mein anfänglicher Eindruck, dass mein zukünftiger Chef nur gebrochen Deutsch redete, stellte sich als Irrtum heraus. Leider schlich sich ein anderer Gedanke in meine Gehirnwände ein. Gut, es war wirklich ein warmer Sommertag in München, aber musste man ein Vorstellungsgespräch in kurzer Hose und mit Sandalen führen?

Im Nachhinein glaube ich, habe ich den Schweine-Stundensatz nur deshalb angenommen, um so schnell wie möglich diesen Anblick meinen Augen zu ersparen.

Die Tage, Wochen und Monate plätscherten so dahin. Ich konnte die fünf Hanseln, die doch tatsächlich anriefen, um ihre Börsenkurse abzufragen, locker zwischen zwei Zigaretten verarzten. Zusätzlich hatte ich noch genügend Zeit, mich um die wirklich wichtigen Dinge im Leben zu kümmern. Ich war nicht nur zum Trainer des Jahrzehntes gewählt worden, sondern war auch bereits die Nummer drei der Damenweltrangliste im Tennis.

Doch war dies das, was ich wirklich wollte? Der Traum vom Auswandern war nach wie vor da! Gut, hier hatte ich es auch schön warm, dank der Heizung die auch im Sommer auf Hochtouren lief. Mein Chef war mehr damit beschäftigt, sämtliche Charts von irgendwelchen noch so dubiosen südamerikanischen Bananenplantagen zu lesen, als mal zu kontrollieren, was ich eigentlich den ganzen Tag so machte. Eigentlich ging es mir gut. Ich konnte zocken, hatte genug Geld um Miete und Strom zu bezahlen, und an guten Monaten blieb sogar noch Geld für drei Extra-Tüten Chips für meine Freundin übrig. Mein Glück wurde vollkommen, als RTL 2 die erste Staffel von Big Brother ausstrahlte. Jürgen, Zlatko und die anderen arbeitsfaulen Container-Schlaffis bestimmten nun hundert Tage unseren Arbeitsablauf. Wenn Alida, eingehüllt in drei Bettlaken, unter der Dusche war blieb bei uns natürlich alles stehen und liegen. Das mussten doch auch die Großinvestoren verstehen, die verzweifelt versuchten ihre Millionen bei uns zu parken.

Langsam hatte es sich nämlich herumgesprochen, dass es in München eine kleine Firma gab, die wirklich eine neue gute Idee hatte. Aktuelle Börsenberichte mit Realtime-Kurse im Internet, völlig kostenlos. In einer Zeit, in der selbst ein Obst- und Gemüsestand am Stachus an die Börse ging, und dazu noch Erfolg hatte, war es nur eine Frage der Zeit, wann bei uns die Bank anrief, um uns Festgeld anzudrehen.

Im Sommer 2000 war wieder das alljährliche Fußballturnier, alle neureichen Internetklitschen die nicht mehr wussten wohin mit ihrer Kohle, beteiligten sich. Was als Spaßturnier vor drei Jahren ins Leben gerufen wurde, entwickelte sich so rasant, wie die komplette Branche. Anfangs spielten wir auf einer, von Enten verkackten Wiese, an irgendeinen See im Umland. Heute, nur drei Jahre später, mieteten wir für einen ganzen Tag das Olympiastadion. Es war vor lauter Dekadenz kaum mehr auszuhalten. Die einen brachten ihre eigenen

Cheerleader mit, andere verteilten Energie Drinks mit ihrem Firmenlogo auf der Dose. Nur wir blieben wirklich auf den Boden, als wir mit der *Stretch-Limo* direkt an das Spielfeld gefahren wurden. Durch unseren Erfolg hatten wir nun auch genug Mitarbeiter und mussten das Team nicht mehr mit Fremdkickern auffüllen. Damals in der Anfangszeit, musste unsere Putzfrau im Tor stehen und der UPS-Fahrer stürmen. Mir war, wie jedes Jahr die wichtige Nummer zehn zugedacht. Nicht weil ich so ein brillanter Spieler war. Vielmehr lag es daran, dass ich jeden meiner Kollegen ein Jahr lang mehrmals am Tag erzählt hatte, dass ich Torschützenkönig beim letzten Turnier war. Dass ich dem Ball wirklich nicht mehr ausweichen konnte, als man mich mehrmals angeschossen hatte, habe ich natürlich nicht erwähnt. So kam es, dass ich mit der legendären zehn auf dem Rücken, kurz vor betreten des Rasens war, auf dem vor mir bereits Größen wie Beckenbauer, Seeler oder Sepp Maier spielten. Als amtierender Torschützenkönig verdient man natürlich auch einen besonderen Einlauf, und wartet als letzter. Als alle meine Mitspieler schon auf dem Rasen waren und aus der Limo gerade die ersten Töne von „Eye oft the Tiger" heraus schallten, fiel mir die fünf Liter Magnum-Flasche Schampus direkt auf meinen linken Knöchel.

Ja konnten denn diese Franzosen-Schwuchteln ihre Luxus-Brause denn nicht, wie jede andere vernünftige Nation auch, in Tetra-Packs abfüllen? Der Knöchel wurde immer dicker, und egal wie viele Eisbeutel mir auch unser Chauffeur brachte, es half nichts! Im Spiel vor uns schoss ein neureicher Börsen-Juppi bereits zwei Tore und ich sah meinen Titel den

Bach runter gehen! Was um Gottes willen würde ich denn meinen Kollegen ein Jahr lang erzählen können? Nur einer konnte mir jetzt helfen, dachte ich mir, und schaute ins große Rund ob ich nicht irgendwo Dr. Müller-Wohlfahrt sehen konnte. Nur er konnte meine Sport-/Saufverletzung wieder hinbiegen, und meine gefährdete Kariere retten. Nur fand dummerweise zur selben Zeit die Fußball Europameisterschaft in Belgien und den Niederlanden statt, und mein Haus und Hofarzt hatte nichts Besseres zu tun, als dort zu verweilen. Es half nichts, einem anderen Arzt würde ich mich angesichts meiner Verletzung bestimmt nicht anvertrauen. Um an verbotene, schmerzstillende Substanzen zu kommen, würde die Zeit nicht reichen. Was machten unsere tapferen Soldaten 42 kurz vor Stalingrad? Sie soffen sich die Rübe weg, und die eiskalten Temperaturen störten sie einen Dreck. Was damals funktionierte, musste doch heute auch noch gehen, und so ging ich zum nächsten Bierstand und holte mir drei Schmerzstiller. Was soll ich sagen, nach einer halben Stunde war ich so blau, wie Boris Jelzin bei der UN-Vollversammlung.

Nach meinem zweiten Eigentor nahmen mich vier meiner Mitspieler unter den Arm und versuchten mich vom Platz zu tragen. Ganz verstand ich es nicht, denn ich war nach wie vor von meinen Heldentaten überzeugt.

„Lasst den scheiß, ich habe euch den Sieg gebracht" und

„ich fahre jetzt nach Russland und bringe die Sache zu Ende", hallte es durch das ehrwürdige Rund.

Kurz vor der Ersatzbank erkannte ich noch irgendwie die Werbetrommel, auf die bereits Klinsmann eingeträscht hatte. Doch bevor ich ausholen konnte, rutschte ich auf der Tartanbahn aus, genau da, wo ich eine halbe Stunde zuvor den Rest meines Schampus auf die gegnerischen Cheerleader vergossen hatte.

Da saß ich nun, rotze voll, und konnte alle Bundesligaprofis verstehen, die ihrer Meinung nach voll einsatzfähig waren, aber trotzdem nicht spielen durften! Alle Bemühungen, irgendwie an Nachschub zu kommen, scheiterten am beherzten Eingreifen der gegnerischen Mannschaft. Auch das Wedeln von Geldscheinen und die Versprechen von besseren Jobs verhallten ungehört. So blieb mir nichts anderes übrig, als den Weg nach Russland zu erfragen.

Nach einer eher durchschnittlichen Leistung meines Teams, was meiner Meinung am Fehlen der wichtigen Nummer zehn lag, kamen wir doch tatsächlich ins Finale. Wir mussten gegen eine Firma spielen, die gerade ein mehrstöckiges Bürogebäude direkt am Marienplatz bezogen, nebst deren Cheerleader die mittlerweile wieder trocken waren. Die hatten so viel Kohle im letzten Jahr verdient, dass sie die freien Plätze in Ihrer Mannschaft nicht mit der Putzfrau, sondern mit ausgemusterten 3. Liga Profis ausgefüllt haben, und somit gingen wir als absoluter Außenseiter in die Partie.

Wir hatten nur eine Wahl, entweder wir stellten uns mit elf Mann auf die Torlinie oder versuchten den Schiedsrichter zu bestechen. Ein Blick auf sein Handgelenk verriet uns aber, dass da wohl schon einer eher den Gedanken hatte, denn da blinzelte eine Nigel Nagel neue Rolex. Wie durch ein Wunder, retteten wir uns in das Elfmeterschiesen und alle waren schon dran, außer ich. Im Training hatte ich alle sicher verwandelt, da war aber auch nicht ein halbes Oktoberfestzelt in meiner Blutbahn. Da war sie wieder, meine Chance für ein Jahr unsterblich zu werden.

Als letzter Schütze bist du der Held, oder der Arsch. Ich schnappte mir den Ball und lief erst mal auf das falsche Tor, anscheinend die Spätfolgen des Vodkas, den ich noch teuer beim Platzwart gekauft hatte. Das Tor war viel zu klein, und war nicht nur ein Torwart erlaubt? Ich sah zwei, und die hampelten so wie ein Massenmörder auf dem elektrischen Stuhl. Ich lief an und hatte Angst, dass ich unterwegs vergesse was ich hier eigentlich machen soll, doch irgendwie ging der Ball ins Tor. Ich wurde zwar nicht Torschützenkönig, aber der Mann, der den wichtigsten Treffer im ganzen Turnier erzielte.

Bei der abendlichen Siegerehrung konnte ich meinen Einlauf, der mir von den dämlichen Schampus-Herstellern versaut wurde, nachholen.

Ich hatte alles probiert, aber niemand, aber auch wirklich niemand interessierte es, wie ich mich beim Torschuss gefühlt habe. Alle meine geldgeilen Kollegen waren vielmehr damit beschäftigt noch mehr Asche zu machen. Dabei hatten sie eine wirklich ausgeklügelte Taktik. Sie kauften genau die Aktien, die ein paar Tage später von unseren Chefanalysten empfohlen wurden. Die Informationen, welche Aktien er empfehlen würde, bekamen sie für ein Mittagessen und einer zweitklassigen Zigarre. Dafür ließ er die Bürotür übers Wochenende auf, und für ganz blöde, markierte er die Stellen noch mit einem gelben Marker.

So kam es, dass am Montag, spätestens Dienstag die Kurse von Firmen stiegen, die nie ein Mensch zuvor gehört hatte. Ukrainische Glühbirnenhersteller, polnische Spargelmesser Importeure (!!) oder kanadische Schulbusunternehmen, nichts war vor dem kritischen Auge unseres Börsengenies sicher. Er genoss in der Branche einen wirklich guten Ruf. Wenn er etwas empfahl, dann hatte sein Wort schon Gewicht. Man verstand nicht immer was er schrieb, logisch war es trotzdem, denn Glühbirnen brauchte jeder Mensch. Und da jeder so dachte wie ich, wurde fleißig drauf los gekauft, ohne großartiges nachdenken, einfach blind der Masse hinterher. Auch wenn er den größten Mist empfahl, die Leute kauften trotzdem. Meine Kollegen, die schon lange vor Ihnen am Ruder waren, machten jedes Mal die Biege mit einem abartigen Gewinn.

Ich verstand das alles nicht, und mir war das auch egal. Wo waren die Zeiten geblieben in denen man mich hofierte und sich mehrmals am Tag bei mir bedankte, das ich uns zu diversen Titel schoss?

Kapitel 2: Das große Geld

Vor unserem großen Fußballturnier hatte unser Chef eine besondere Belohnung versprochen. Derjenige, der als bester Spieler ausgezeichnet wurde, erhielt von ihm eine Überraschung. Alle Starkicker saßen am großen Besprechungstisch und eigentlich war klar, wer nur der Sieger sein konnte. Gedanklich hatte ich mir schon meine Rede bereitgehalten, und jedem zur meiner Wahl gedankt. Die Überraschung war, dass man sich einen Wunsch aussuchen, und jederzeit einlösen konnte. Nach langem überlegen kam ich zu der Entscheidung, dass ein eigenes Büro mit dazugehöriger Sekretärin wohl das geeignetste wäre. Locker und cool auf dem Stuhl sitzend, mit dem Kugelschreiber im Mund spielend, hörte ich meinen Chef zu, wie er alle Beteiligten lobte. Ich wartete ungeduldig auf meinen gebührenden Applaus.

„Und und der beste Mann unserer Mannschaft war, und das wurde mit nur einer Gegenstimme bestimmt:"

„Unser Mann mit der Nummer drei:"

„Joseph Oberbichler."

Ich wollte gerade aufstehen und grüßen wie Königin Elisabeth aus dem Auto, da kam es erst bei mir an.

„Wie bitte??? Wer?? Der Wurzelsepp?"

„Das kann nicht Euer ernst sein, wer hat denn den gewählt", fragte ich mit versteinerter Miene.

„Alle, hast doch gehört was der Chef gesagt hat", fuhr mich die neue Führungspersönlichkeit an.

„Eine Gegenstimme hast du, ich hab dich nicht gewählt, du vollgefressener Pavianarsch!"

Ein blödes Grinsen wurde mir, nicht nur von dem oberbayerischen Mistbauern, sondern auch von diversen weiblichen Mitarbeitern entgegen geschleudert.

„Was wünscht Dir jetzt, einen Misthaufen mit eigenem Gockel drauf, der dich weckt, wenn es mittags zum Trog geht, oder doch lieber einen rosa Traktor, du Landwirtschwuchtel."

Oh das saß, denn niemand, außer mir, wusste von den sexuellen Neigungen unseres Vorzeige Adonis Bescheid. Ich konnte mein Wissen auch nur deshalb erlangen, in dem ich regelmäßig private E-Mails las. Das Server-Passwort hatte ich damals schließlich selber erfinden müssen, weil mein Chef zu der Zeit sternhagelvoll seine erste Millionen feierte.

„Was hast Du gerade gesagt?" Zischte mich der braungebrannte, durchtrainierte 1.90 Mann an.

„Rosa, Bauer, Schwuchtel, habe ich gesagt. Du kleiner Hinterlader!" Habe alles mit meinen eigenen Augen gelesen. Wer es nicht glaubt, sämtliche Mails sind ausgedruckt, versuchte ich die aufgebrachte Damenwelt zu beruhigen. Ja, Ihr Coca-Cola Light Lieferant war einer vom anderen Ufer.

Sein, von mir erbrachtes Outing, brachte mir allerdings nicht den erhofften Erfolg. Die Wahl wurde weder wiederholt noch bekam ich mehr Aufmerksamkeit. Obwohl mir diese zugestanden hätte. Im Gegenteil, mein Chef wechselte unverzüglich das Passwort, und so konnte ich den Briefwechsel zwischen Hengst 17 und Leichtmatrose 1 nicht mehr mitlesen. Was für ein Scheiß! Die Damenwelt hasste mich abgrundtief, weil ich sie aus ihren Träumen gerissen hatte. Die Männerwelt liebte mich dagegen, denn der Liebling aller Frauen verließ recht bald unsere Firma und so konnten wir wieder ungestört alle niveaulosen Dinge machen, so wie früher.

Obwohl ich nach wie vor davon überzeugt war, es verdient zu haben, bekam ich weder ein eigenes Büro, noch die dazugehörige Sekretärin. Im Gegenteil. Ich wurde zu den wilden Redakteuren im zweiten Stock strafversetzt. Die dauernden Beschwerden, die beim Chef über mich eingingen, konnte er nicht länger ignorieren und musste handeln. Im Vertrauen sagte er mir zwar, dass er es ja gut fand was ich auf die Toilette geschrieben hatte, aber nach außen konnte er den Spruch:

>"Die Schwuchtel muss gehn
>
>Auf Wiedersehen!"

nicht gutheißen.

Meine anfänglichen Bedenken gegen das Strafversetzen, wechselte ganz schnell in pure Euphorie. Im zweiten Stock ging es zu wie beim Parketthandel an der Wall Street, nur dass bei uns auch noch gesoffen und geraucht wurde. Sobald nur das kleinste Anzeichen einer Kurssteigerung, bei einer noch so dubiosen Firma, zu verzeichnen war, waren unsere Leute aufgeschreckt wie ein Bulle beim Anblick von zwanzig Kühen. Am Anfang schaute ich dem wilden Treiben nur erfreut zu, als aber die ersten BMW´s und Porsche auf unseren Parkplätzen standen, wurde ich doch ein wenig stutzig und hörte genauer zu, was unsere Aktienschieber so trieben.

„Na alter Zahlendreher, wie schauts aus, habe einen ganz sicheren Tipp bekommen, der ist so heiß wie unser ehemaliger Homo", fragte mich unser Chefredakteur.

„Um was geht es denn, und wie sicher ist der?"

„Goldmine in Südafrika gibt morgen neue Zahlen raus und die sind super, hat mir mein Schwager gesteckt! Kurs steht jetzt bei 3,52 €, übermorgen garantiert bei über sieben", versicherte er mir.

„Ok, steige mit Fünfzig Euro ein!"

Lautes Gelächter, das selbst noch vom Klo zu hören war schallte mir entgegen.

„Fünfzig Euro kosten schon alleine die Gebühren, ab fünfhundert kaufen wir erst, besser sind fünftausend."

Fünftausend Euro, wo sollte ich die denn hernehmen? Gut ich könnte alle leeren Chips Tüten meiner Freundin zum

Alu-Händler bringen, aber das würde bei weitem noch nicht reichen. So blieb mal wieder nur mein Boss übrig, um mir aus der Scheiße zu helfen. Ich bekam nach langen hin und her auch das Darlehen, und er verzichtete sogar auf Zinsen. Ich musste nur als Gegenleistung zur nächsten Messe mitkommen. Aber nicht nur mitkommen, sondern in Lack und Leder den Leuten Kaffee reichen!!

„Hier sind die fünftausend Steine, alles auf die Goldmiene in Kenia", mit diesen Worten übergab ich dem Chefzocker meine Scheinchen.

„Südafrika, aber egal, ich mach das schon", und er zählte erfreut das Bündel durch.

„Und wann kann ich den Porsche bestellen?"

„Wenn es gut geht am Freitag, aber warten Sie lieber noch das Wochenende ab", grinste er mich an.

Ob es wirklich so ein guter Gedanke war, mich bei meinem Chef zum Vollhorst zu machen und das ganze schöne Geld einem alten Börsenzocker anzuvertrauen? Das gesamte Wochenende überlegte ich mir, wie ich aus der Nummer wieder rauskommen könnte. Ich würde auf gar keinen Fall, als SM-Sklave, auf einer beschissenen Messe auftreten. Endlich war es Montag und ich kam noch nie so pünktlich in das Büro wie an diesem Tag. Zwei meiner Kollegen waren schon rotzbesoffen, mit einer Zigarre im Mund am Klo eingeschlafen. Zwei andere telefonierten gerade mit dem Jaguar-Händler um die Ecke. Ist die Sache vielleicht doch gutgegangen? Muss ich doch nicht tanzen? Ich blickte in das Zimmer von unserem diensthabenden Kapitän. Mit einer halbleeren Moet Chandon Flasche in der Hand winkte er mich rein.

„Wie ist es gelaufen", zitterte ich ihn an?

„Geil, ach was sage ich, saugeil. Auch ein Schlückchen?"

„Wie saugeil?"

„Mega saugeil!"

„Und in Zahlen?"

„Elf!!"

„Verdammte Hacke, was Elf?"

„Habe gerade bei elf Euro verkauft, und werde ihnen morgen Vierzig Mille überweisen."

Jetzt nahm ich auch einen Schluck aus der Pulle und rülpste erst mal herzhaft los, wie ein reicher Öl-Russe. Zur selben Zeit kam unser Boss in das Büro geschneit, und sah uns mit Füßen auf dem Tisch Schampus trinken.

„Wir haben was zu feiern, und wenn was nicht passt können sie ihren Scheiß gerne alleine buchen. Außerdem mach ich bestimmt keinen auf Super-Schwuli auf der Messe", lallte ich ihn an. Irgendwie musste ich wohl einen Blick in den Augen gehabt haben, der ihm sagte, dass ich es ernst meinen würde. Seltsamerweise ließ er mich in Ruhe, nicht nur das, er verrechnete auch das Darlehen mit meinen Verdiensten aus der Vergangenheit. Welche das genau waren, ließ er offen. Das traf sich natürlich ausgesprochen gut. 35.000 Euro Gewinn aus einer venezuelischen Silbermine, fünftausend Euro nachträgliche Siegerprämie für diverse Torschützenkönig-Titel und kein Vortanzen auf irgendwelchen Messen. Das musste natürlich standesgemäß gefeiert werden. Meine zwei Kollegen waren zwischenzeitlich auch wieder einigermaßen nüchtern, und so gingen wir um zehn Uhr morgen erst mal gemütlich in den Feierabend.

Da sagt man immer, München sei eine Weltstadt, aber um elf Uhr Vormittag war kein Laden offen. Jedenfalls keiner, der einigermaßen unseren Erwartungen erfüllt hätte. Da saßen wir nun mitten am Stachus und keiner wollte so richtig unser Geld. Nur mit einem Obstverkäufer hatten wir Glück. Er hatte unser Geld, wir seinen kompletten Tomatenbestand. Bis zum Eintreffen der Polizei war es eine wirklich geile Party, und ich habe mir geschworen, bei der nächsten Dividendenauszahlung das Original in Spanien zu besuchen.

So schön dieser unerwarteter Geldsegen auch war, so richtig weitergebracht hatte er mich nicht. Zum Sterben zu viel, zum Leben zu wenig. Mit anderen Worten, mein großes Ziel auszuwandern konnte ich damit noch nicht bewerkstelligen. Meine Kollegen zockten fleißig weiter, mal mit Erfolg mal mit Verlusten. Ich war mir immer noch nicht ganz im Klaren was ich machen sollte. Kann man zweimal so viel Glück haben wie bei dieser Kubanischen Erz-Mine? Auch unser Börsenguru hielt sich mit Tipps zurück, und so konnte man nicht mehr auf den fahrenden Zug aufspringen. Die einzigste Chance, an wirklich gute Informationen zu kommen, war der Weg der Bestechung. Aber selbst das half nichts mehr. Er wollte zwar helfen, konnte aber nicht, weil er sich einfach nicht sicher war. Die Zeiten des schnellen Geldverdienens an der Börse waren vorbei, und ich hatte sie mal wieder total verpennt.

Aus den anfänglichen 40.000 Euro wurden durch einige Tomatenschlachten, und extremen Feierns, wieder eine überschaubare Summe. Ich flehte unseren Börsengott an, sich irgendwas aus dem Arm zu schütteln, da ich ansonsten wieder mal was arbeiten müsste. Aber das ginge rein zeitlich gar nicht mehr. Nach längerem überlegen und streicheln des Haupthaares, was immer ein gutes Zeichen war, kam dann doch das was wir hören wollten:

„Ukraine!!"

„Ja super, Ukraine ist ein cooles Land, da kommen die Klitschkos her", unterbrach ich Ihn.

„Schweinebäuche aus der Ukraine", hauchte er und strafte mich mit einem zornigen Blick.

„Was für eine brillante Idee", huldigten wir ihn, wie einen Fußballtrainer der gerade den Libero abgeschafft hatte. Dieser Meinung war ich auch, denn Schweinebäuche gingen immer, und gut waren sie auch. Und überhaupt musste es einfach klappen.

„17.000 habe ich noch, ich hau alles rein", eröffnete ich den Reigen.

Die Blicke die mich trafen, fragten mich eher was ich mit der ganzen Kohle gemacht hatte, anstatt mir Hochachtung meines Mutes zu zollen. Ja was glauben die, was so Partynächte im P1 kosten? Ne dicke Freundin hab ich auch noch, und außerdem ginge die das einen Scheißdreck an. Das sollte ihnen mein ausgestreckter Mittelfinger mitteilen. Da saßen wir nun, wie die elf Apostel und warteten auf die Worte unseres Erlösers.

„Morgen ist Pressekonferenz des Landwirtschaftsministeriums. Man erwartet gute Zahlen, da müssen wir vorher rein", forderte er uns auf, so wie Jesus seine Jünger sein Blut zu trinken. Mit dem Geld das auf dem Tisch lag, konnte man locker ein schönes Einfamilienhaus in Grünwald kaufen. Meine schäbigen siebzehn Tausend fielen da nicht groß ins Gewicht, und doch waren sie die einzigste Hoffnung die ich hatte, endlich aus diesem Land rauszukommen. Mir für den Rest meines Lebens die Sonne auf den Pelz scheinen zu lassen. Sollte es nicht klappen, müsste ich doch tatsächlich wieder als Haus- und Hofdepp für meinen Chef arbeiten.

Jeder von uns saß vor einem Monitor und klotze zeitgleich in den Fernseher, in dem gerade diese besagte Pressekonferenz stattfand. Der Typ vom Ministerium laberte irgendetwas was ich eh nicht verstand; a, weil es Börsensprache und b: ukrainisch war. Mir war es auch völlig egal was der sagte, Hauptsache der Pfeil vor mir bewegte sich gleich, und zwar nach oben und nicht nach unten. Nach einer halben Stunde sinnlosen rumgeschwafels tat sich immer noch nichts auf den internationalen Börsenmärkten, und ich sah mich schon mal ein Lederkostüm kaufen. Auf einmal, wie aus dem nichts der Satz auf den unser Parkettgott wartete.

„Scheiße, scheiße, scheiße bin ich gut, ich bin ein verdammtes, von Gott gesegnetes Börsengenie", schrie er vor lauter Freude uns entgegen.

Hätte es nicht geklappt, würde er sich nicht so freuen, dachte ich mir und schaute erst mal vorsichtig in die Gesichter meiner Kollegen, die sich ja mit der ganzen Materie doch mehr auskannten als ich. Auch da sah ich sehr freudige Mienen und auch meine Gesichtszüge begannen sich langsam wieder zu entspannen. Die grünen Pfeile begannen sich langsam zu bewegen und daneben erschienen Zahlen die keine Sau zu deuten vermag, wenigstens ich nicht. Ausgerechnet jetzt wollte mein Vorgesetzter die Bilanz besprechen, die ich in den letzten Tagen irgendwie zusammengeschustert hatte. Ihm kamen dann doch einige Zahlen etwas spanisch vor, die ich in der Eile etwas anpasste.

„Geht jetzt nicht. Können wir das bitte verschieben? In der Ukraine ist gerade etwas unfassbares passiert", versuchte ich Ihn hinzuhalten. Meine eigentliche unfreundliche Art, konnte ich mir angesichts der wackeligen Situation, noch nicht leisten und ich musste mir das Türchen offen lassen.

Der Pfeil auf meinem Monitor wurde immer größer und grüner. Ich hatte noch nie zuvor in meinem Leben ein solch schönes grün gesehen. Aber ich fand in diesem Moment alles schön, selbst wenn meine dicke Freundin jetzt einen Strip machen würde. Ich hätte es schön gefunden! Mein Boss beobachtete mich und meine Kollegen, die mittlerweile schon Schaum vor dem Mund hatten, und fragte nur in die Runde:

„Ihr habt aber net Schweinebäuche gekauft, oder?!"

„Yep, haben wir, und mit den grunzenden kleinen Drecksviechern werden wir gleich so viel Schotter machen, dass ihr Aktienbestand dem eines Sozialhilfeempfängers gleicht", antwortete ich leicht arrogant, schon in der Hoffnung, dass das alles gut ginge. Ein Kollege rechts neben mir goss sich einen Vodka ein um seine Nerven zu beruhigen, der links neben mir vergas, das er seit Monaten nicht mehr rauchte und nahm sich eine Kippe aus meiner Schachtel. Ich dagegen war ziemlich ruhig. Im Grunde hatte ich gar keine Ahnung, was sich da gerade so alles abspielte, und darum informierte ich mich auch bei dem Kollegen rechts, der sich mittlerweile abstützen musste.

„Wie schaut´s aus?!"

„Wie viele Autos passen in deine Garage?"

„Ja eins natürlich nur!"

„Schlecht, wirst anbauen müssen", antwortete er mit einem Grinsen, bei dem selbst J.R. Ewing noch was hätte lernen können.

Dem Chef von allem interessierte es einen Dreck, dass seine Unteroffiziere ihm bereits mehrmals aufgefordert hatten, doch auf den Verkaufsknopf zu drücken, und er reizte die ganze Sache noch ein wenig aus.

„Bei wie viel stehen wir", fragte ich Kollege rechts, der bereits das Lallen anfing.

„Wie viel hast eingesetzt?"

„Alles was ich hatte, siebzehntausend!"

„Einhundertsiebenundneunzig!"

Mit weit aufgerissen Augen, so als ob ich gerade bei einer Darmspiegelung wäre, schrie ich auf:

„197.000 Euro??!! Verkaufen, verkaufen sofort verkaufen!"

Auch meine zwei anderen Kollegen, der eine im Voll-Suff, der andere mit zwei Zigaretten im Mund flehten den Börsenguru an, endlich abzustoßen. Tatsächlich tat er das, was man von ihm erwartete. Er drückte auf den Knopf, der Freiheit und Wohlstand bedeutete. Ein lauter Jubel erschallte durch unser Büro, so als wären wir gerade Fußballweltmeister geworden. Kollege rechts übergab sich erstmal und kotze in den Mülleimer, Kollege links beschloss, das es der falsche Zeitpunkt war, um mit dem rauchen aufzuhören und zündete sich eine dicke Havanna an. Ich gab meinem Erlöser einen dicken Kuss auf die Backe und umarmte alle Monitore, die mir so in die Quere kamen.

Auf dem Weg zum Kühlschrank, dichtete ich noch einen Reim, und gab ihn meinem Chef zum Besten:

„Ich bin jetzt endlich reich,

wie ein alter Scheich.

Nie wieder muss ich buchen,

da wird der Alte fluchen!"

Auf die Schnelle konnte ich wirklich keinen ausreichenden Tomatenbestand aufstellen, und so mussten wir, wie ganz normale Neureiche feiern. Als auch die Notreserven des Schampus aufgebraucht waren, entschloss ich mich nach Hause zu gehen, um meine Kündigung zu schreiben.

Als ich gerade bei der Stelle war:

....teile ich Ihnen hochachtungsvoll mit, dass Sie mich gepflegt und in aller Würde am Arsch lecken können, stürzte meine Freundin in das Wohnzimmer und nahm mich unter den Arm.

„Komm wir müssen los, bei Lidl sind die Balsen-Chips im Angebot, da müssen wir schnell sein, sonst sind alle weg."

Ich nahm ihren Arm weg, so wie ich es schon vor fünf Jahren hätte machen sollen und sagte ganz ruhig, soweit das ging, mit drei Flaschen Blubberbrause im Schädel:

„Pass ma auf, ich bin reich und Du bist raus! Fängt beides mit R an, für mich gut, für Dich weniger."

Unfassbare drei Tage dauerte es, bis ich endlich wieder bei klaren Gedanken war, und ich mich einigermaßen, mit ruhigen Gewissen und ohne Angst vor einer Verkehrskontrolle, in das Auto setzen konnte. Ich entschloss mich, das kurze Zeitfenster des nüchtern seins zu nutzen um meinen neuesten Kontoauszug zu holen, und da stand es:

195.369,69 Euro H

Mussten die für mich extra noch ne Spalte einfügen überlegte ich mir? Das täte mir leid oder auch nicht. Auf alle Fälle dürstete es mich furchtbar. Schließlich waren mittlerweile schon Stunden vergangen ohne diese Feierbrause.

Mein Chef weigerte sich meine Kündigung anzunehmen. Er würde sich schämen, ein nach Alkohol stinkendes Papier in die Personalakte abzulegen, meinte er. Mir wiederum war es völlig egal, wo er denn mein Meisterstück aufbewahren wollte, von mir aus könnte er meine Kündigung auch an seine Kniescheiben tackern. Für mich war das auf alle Fälle der letzte Tag.

Kapitel 3: Spanien

Es war Anfang Dezember. In Deutschland fiel der erste Schnee und es war saukalt. Die Weihnachtsmärkte öffneten und die Kaufhäuser brachten sich in Stellung, um den Leuten das Geld aus der Tasche zu ziehen. Für mich also höchste Zeit, das Feiern mal für ein paar Tage sein zu lassen und mich um meine Zukunft zu kümmern. Ich hatte keinen Job, keine Frau, und meinen nervigen Bankberater, der mir andauernd Festgeld andrehen wollte, in den Arsch getreten. Ich war rundum glücklich, wenn nur diese verdammte Kälte nicht gewesen wäre. Ich hatte immer davon geträumt, diesem Land den Rücken zu kehren, falls ich das genügende Kleingeld hätte. Jetzt war ich reich, und musste immer noch frieren, wie die Strafgefangenen in Sibirien. Es musste ein neues Domizil her, und das so schnell wie möglich. Natürlich müsste es meinen Ansprüchen auch noch gerecht werden. Schöner Pool, direkte Meerlage, zwei bis drei Schlafzimmer. So gab ich es in die Internetsuchmaschine ein. Die Preise, die diese Paella-Panscher verlangten, waren so uferlos hoch, dass ich mich auf ein Apartment herunterhandeln ließ. Cooler Pool und Meerblick waren nicht verhandelbar. Mit diesen Informationen schickte ich den Immobilienmakler los, um für mich eine warme kuschelige Hütte zu finden. Die Zeit eilte, denn ich hatte keine Lust auf unser alljährliches Familientreffen. Vor allem, weil die meisten Wind davon bekamen, dass ich nicht mehr das arme Würstchen war, und mich bestimmt anschnorren würden. Eine Woche vor dem heiligen Fest war es dann soweit, genau noch rechtzeitig um die Zusammenkunft der Erbschleicher zu verhindern. Mein

Makler meldete sich mit fantastischen Neuigkeiten. In der Nähe von Alicante würde eine neue Ferienanlage gebaut, meinte er, und es wären noch ein paar Wohnungen in meiner Preisklasse zu haben. Ich musste nicht lange überlegen und so buchte ich gleich einen Flug in das geheiligte Land.

Trotz längerem diskutieren mit der Stewardess bekam ich nicht den Platz direkt neben dem Kapitän, sondern musste mich, wie jeder andere auch, hinten hinsetzen. Dies war natürlich nicht besonders standesgemäß, aber für knapp drei Stunden doch einigermaßen akzeptabel. Ich machte mir einen Spaß und bestellte immer genau das, was gerade nicht auf ihren Wagen war. Als sie mit ihrer Versorgungsschüssel wieder einen Abstecher zu mir machte, orderte ich einen fangfrischen Hummer mit ausgelassener neuseeländischer Butter.

„Haben wir nicht, ich kann aber gerne dem Piloten sagen, dass er kurz Notwässern soll, damit ich Ihnen einen angeln kann" antwortete sie mir freundlich.

Da sagt man immer, deutsche Fluggesellschaften würden keinen Service mehr anbieten, kann ich nicht behaupten. Ich konnte dieses nette Angebot wirklich nicht annehmen, aber nur aus einem Grund, ich hatte keine Zeit. Der Termin mit der Baufirma war für 15.00 Uhr ausgemacht, spätestens um 18.00 Uhr würde ich den Kaufvertrag unterschreiben, und um 22.00 Uhr würde mein Rückflug gehen. Da war wirklich kein Spielraum mehr für Hochseeangeln im Mittelmeer.

Nach der Landung bekamen wir natürlich keinen Finger, der ein gemütliches aussteigen ermöglichte, sondern mussten über Treppen das Flugzeug verlassen, und in einen Bus steigen. Die Wartezeit auf den zweiten Transferbus verkürzte ich mir, in dem ich mitten auf dem Rollfeld eine rauchte. Kaum zu glauben wie Spanier schnell sein können, dachte ich mir, als ich eine Hand an meiner Zigarette sah. Mein spanisch war noch nicht so gut um alles zu verstehen, was mir der Flughafenbedienstete so alles an den Kopf geworfen hatte. Er zeigte nur auf den Tanklaster, der gerade den Flieger wieder startklar machen sollte. Erst laden sie zu einem Extra-Trip auf hoher See ein, und dann darf man noch nicht mal eine neben ihrem Flieger rauchen. Verstehe einer die Iberia. Trotz des kleinen Missverständnisses, seitens des spanischen Sicherheitspersonals, fühlte ich mich gleich wohl. Ich zog zwei meiner drei Jacken aus, und genoss die Sonne. Selbst die ewige Warterei auf meinen Koffer störte mich nicht sonderlich, was sicherlich auch daran lag, das ich vorher noch eine auf dem Klo rauchte und so fast den Feueralarm ausgelöst hatte.

Im Ausgangsbereich des Flughafens wartete ich auf den Baufuzzi und zog mir auch die letze Jacke aus. Nicht schlecht für Mitte Dezember dachte ich mir und die anderen Idioten in Deutschland taten mir leid. Nach einer knappen Stunde Verspätung erschien dann auch der Wohnungsverkäufer und wir machten uns auf den Weg zur Anlage. Eine dreiviertel Stunde kann verdammt lang sein, wenn der eine sich mit dem anderen unterhalten will, aber eigentlich nicht kann, weil er dessen Sprache nicht versteht.

„Du komme wo?", fragte er mich.

„München".

„AHHH Baya München und Oktobafast, viela Birra!"

„Ja ja genau, und wo kommst Du her?"

„Espania!"

Ja kaum zu glauben, beglückwünschte ich mich selber zur genialen Fragestellung.

Nach einer weiteren halben Stunde, in der wir Real Madrid, FC Barcelona und sämtliche anderen Vorzeigeclubs abgearbeitet hatten, klingelte Gott sei Dank mein Handy.

„Tommi, alter Nuttenpreller, alles klar?" Meldete ich mich hocherfreut.

„Nix ist klar, du machst das ernst mit dem Auswandern, oder?"

„ Ja sicher, kannst aber jederzeit kommen und mich besuchen."

„Das ist nicht dasselbe, und das weißt auch, mit wem soll ich denn den Philli verarschen, wenn du nicht mehr da bist?"

Ich weiß nicht, ob es an der schlechten Verbindung lag, oder ob da wirklich ein kleines weinen in der Leitung war. Auf alle Fälle entschloss ich mich aufzulegen. Kurz vor dem großen Moment brauchte ich niemanden der mir die Stimmung versaute. Meinen alten Kumpel konnte ich auch noch später von den Vorzügen Spaniens überzeugen. Er hatte ja schließlich auch die Schnauze voll, und eventuell könnte man hier etwas zusammen aufbauen, zumindest aber viel Spaß haben. Je mehr ich darüber nachdachte, desto geiler fand ich den Gedanken, mit meinen besten Freund hier ein neues Leben anzufangen. Bis spät in die Nacht feiern und alles machen was einem Freude macht. Aber vorher musste ich das hier erst mal klar machen, und fragte deshalb den Fahrer wie weit es denn noch sei.

„Issa glei da", antwortete er mir freundlich.

Tatsächlich kamen wir nach zwei Kilometern an. Eine Baustelle, die wirklich gutes versprach. Der Pool war noch im Rohbau, was der Schönheit aber keinen Abbruch tat. Die Anlage war direkt am Meer, so wie ich es in Auftrag gegeben hatte. Der entscheidende Moment kam aber erst noch, denn ich wusste immer noch nicht wie die eigentliche Wohnung aussah.

Vor dem Haus wartete schon ein Vertreter der Baufirma auf mich und wir gingen alle zusammen in den ersten Stock, in dem sich die Wohnung befand. Es war alles da, was man so brauchte. Ein Wohn-, ein Schlafzimmer und eine Küche. Diese hätten sie sich aber auch sparen können, und stattdessen einen Whirlpool einbauen lassen. Kaffee konnte man durchaus auch auf dem Klo zubereiten. Ich war sehr zufrieden mit der Leistung meines Maklers, denn es war wirklich ein kleines Schmuckstück. Blieb nur noch die Frage des Preises. Die geforderten 85.000 Euro waren zwar gerechtfertigt, aber sagt man nicht immer, mit den Südländern sei gut zu verhandeln? Ich machte einen völlig desinteressierten Eindruck, zupfte an den Gardienen und klopfte gegen die Wände.

„Bauqualität ist aber auch nicht die beste, oder?!"

„Die Elektrik ist eine Katastrophe und durch die Fenster zieht es wie Harry!!"

„Die Fenster sind offen und die Elektrik ist noch gar nicht verlegt", antwortete der Verkäufer sehr freundlich. Spätestens jetzt musste er erkannt haben, dass ich absolut keine Ahnung hatte, und ein leichtes Opfer sein würde.

„OK Chef, mach ma einen ordentlichen Preis", bluffte ich.

„85.000 Euro, so wie es im Katalog steht."

„Und jetzt den endgültigen!"

„85.000!!"

„Komm wir müssen handeln, das habe ich mir fest vorgenommen", bat ich ihn.

„OK, sagen wir 92.000 Euro und wir zahlen die Notar-Gebühren!"

„Also mehr wie 85.000 wollte ich eigentlich nicht ausgeben, aber für den Preis würde ich sie nehmen", meinte ich.

Wir gaben uns die Hände, und ich beglückwünschte mich selber mal wieder, zu so einer grandiosen Leistung. Mal auf die Schnelle sieben Mille gespart, das war schon der Umzug.

Meine Freude wurde nur durch das Läuten meines Handys unterbrochen.

„Du Penner hast aber nicht gerade aufgelegt, oder?"

„Du Spatzi, die haben hier alles. Gutes Wetter, einen schönen Strand aber ein beschissenes Handynetz, bist einfach rausgeflogen aus der Leitung."

„AHA, und?"

„Unterschrieben habe ich gerade!"

Ob in Deutschland auch gerade schlechter Empfang war? Auf alle Fälle hörte ich nur noch ein Tuten in der Leitung, was mich aber nicht sonderlich störte. Es war mittlerweile 19.20 Uhr und ich musste mich umgehend auf den Weg zum Flughafen machen, da mein Flieger bereits in knapp drei Stunden gehen würde. Vielleicht hätten sie ja jetzt einen Hummer oder zumindest frisch ausgepressten Litschi-Saft. Zudem freute ich mich auf das Wiedersehen mit meinen Kumpels, die mich bestimmt vom Flughafen abholen würden.

Weil ich es noch unbedingt weiter beobachten wollte, ob die Möwe den Fisch noch tatsächlich erwischt, kamen wir auf den letzten Drücker am Flughafen an. Es war die gleiche Crew wie beim Hinflug im Einsatz. Dies wiederum würde für mich bedeuten, dass ich weder mit einem Sonderplatz, noch mit frisch gefangenem Meerestier rechnen konnte. Auch der Empfang in München entsprach nicht dem was ich mir vorgestellt hatte. Den Gedanken an Blaskapelle und roten Teppich verwarf ich über Frankreich wieder, aber das gar keiner da war? Sollte mein alter Freund doch wirklich so enttäuscht und sauer auf mich sein? Die Wohnung war frühestens in zwei Monaten bezugsfertig, und so hatte ich noch genügend Zeit um wieder guten Wind zum machen.

Kapitel 4: Schalke

Was ich auch machte, wie oft ich auch anrief oder ihm schrieb, er gab kein Lebenszeichen von sich. Sämtliche Einladungen zu Nachtcluberöffnungen lehnte er ab. Selbst die Nutte, die ich ihm besorgte, schickte er unausgepackt an mich zurück. Die Lage war ernster als ich es mir selber eingestanden hatte. Einer Frau schickt man Blumen, bei schlimmeren Vergehen auch zweimal, dann ist die Sache aber auch wieder gut. Bei Kumpels ist die Sache anders, da müssen schwerere Geschütze her. Bloß welche? Ich hatte mein sämtliches Pulver schon verschossen. Ein letzter Trumpf blieb mir noch, und so zückte ich mein Handy und schrieb eine SMS.

„Habe Karten für das Derby am Wochenende, magst mitkommen?!"

Es dauerte keine zwei Minuten, da bekam ich das Lebenszeichen, auf das ich nun mittlerweile seit fast drei Wochen wartete.

„Welcher Block und welche Reihe, Du Pissgesicht!"

„Bei euch im Fanblock", kam prompt meine Antwort."

„Ok. Karten, Sprit, Leihwagen, Hotel und Pay-TV gehen auf Deine Rechnung, du Judas."

Da hatte ich ihn wieder, meinen alten Kumpel, und er war dabei mir zu verzeihen. Ein Problem schien gelöst, ein weiteres tat sich unweigerlich auf. Wo bekäme ich auf die

Schnelle Karten für das Revierderby her. Die Preise auf Ebay schwankten zwischen 300-500 Euro, was an sich kein Problem gewesen wäre! Durch mein aggressives Verhandeln mit der Baufirma hatte ich mir immerhin siebentausend Euro gespart. Es waren aber nur noch Angebote für Selbstabholer online. Kein Wunder, das Spiel fand bereits am nächsten Tag statt. Jetzt einen Rückzieher zu machen, kam nicht in Frage. Ebenso wenig einen plötzlichen Todesfall in der Familie zu erfinden, dazu kannte er mich zu gut. Mir blieb nur die eine Möglichkeit, so wie ich es schon in Spanien gemacht hatte. Bluffen bis zum umfallen und hoffen, dass ich noch vor Ort an Tickets kommen würde.

Am ausgemachten Treffpunkt traute ich meinen Augen nicht. Nicht nur er wie ausgemacht, sondern auch unser gemeinsamer Kumpel Phili stand vor dem Miet- Benz.

„Dachte wir fahren standesgemäß in das Ruhrgebiet", begrüßte er mich erfreut.

Die Freude ihn wiederzusehen, war größer als die Lust ihm eine reinzuhauen.

„Habe aber nur zwei Karten"!! Selbst das war erbärmlich gelogen!

„Ach schau, der arme kleine Philli wollte nicht alleine sein, und da dachte ich mir, nehmen wir ihn einfach mit", grinste er mich frech an. Er wusste, er konnte sich alles erlauben.

„Ich habe aber nur zwei Karten, soll ich ihn kurz vor Duisburg an ner Raststätte aussetzen?"

„Wer die komplette Spanische-Immobilienbranche verarscht, bekommt auch noch irgendwo ne Zusatzkarte her, da vertraue ich dir komplett, mein Alter."

Gut, ob ich mich auf die Suche nach zwei oder drei Karten machen würde, war auch schon egal, dachte ich mir und beschloss erst mal Ruhe zu geben. Diese wurde aber rasant gestört, als ich sah, wie mein bester Kumpel den Luxusschlitten umdekorierte. Blaue Schals hingen aus jeder Tür, der Stern wurde königsblau angemalt und bis Frankfurt grölte er:

„Ich hab immer wieder festgestellt,

Schalke ist der geilste Club der Welt."

Gottseidank fing das Bier an zu wirken, und wir hatten bis zum Rest der Fahrt unsere Ruhe. Was gibt es schlimmeres für einen Dortmunder, als einen besoffenen Schalker, dem man noch einen Gefallen schuldet?

Erst im Hotelzimmer kam er langsam wieder zu sich und löste ein weiteres Lockangebot ein, den Pay-TV Sender. Völlig fasziniert von den Bildern, und anscheinend noch komplett voll, lallte er uns entgegen:

„Geil, ich bin gesegnet, ich kann Paris Hilton nackt sehen."

„Die ist nackt, Du Vollnase!"

Der eine noch zu wie fünf Russen, der andere völlig erschöpft von der Fahrt, und ich. So sah unser Zimmer aus. Voller Panik überlegte ich, woher ich denn noch Karten herbekommen könnte. Das ständige stöhnen aus dem Fernseher verhinderte die bahnbrechende Idee, um hier aus der Scheiße zu kommen. Ich musste raus. Das Hotel befand sich in der allerbesten Lage von Gelsenkirchen und zwar direkt am Hauptbahnhof. Das müsste doch die ideale Gegend sein, um Mitternachts noch ein paar Geschäfte zu tätigen. Direkt vor mir war gerade ein Mann damit beschäftigt, seiner Begleiterin eine mitzugeben, da wollte ich lieber nicht stören. Auf der anderen Straßenseite erblickte ich eine Gruppe Jugendlicher, die mir den Eindruck machten, als ob sie noch nie eine Schule von innen gesehen hätten. Ich beschloss mit ihnen mein Problem zu besprechen. Entweder ich könnte morgen das gute Essen in einem umliegenden Krankenhaus genießen, oder die Schulverweigerer würden mir Ihre Karten verkaufen. Wie bricht man das Eis, am besten mit einen Witz, und so ging ich zielstrebig auf die Gruppe.

„Ey Jungs wo geht´s denn hier nach Aldi?"

„ZU Aldi !!!"

„Wat Aldi schon zu???!!"

OK, sie kannten den Witz und in meiner Bauchdecke befand sich noch kein Butterfly. Mit dieser Ausgangsposition konnte man arbeiten.

„Ok, Jungs es ist schon spät und ihr müsst morgen sicherlich in die Schule. Machen wir es kurz, habt Ihr Karten für das Spiel morgen", fragte ich leicht nervös und blickte durch die Gegend ob nicht irgendjemand ein Messer zückte. Diese Frage war so unverschämt, so als ob Du einem Moslem den Koran klauen würdest.

Anscheinend war einem der Brüder die Aussicht auf gute Schulbücher doch wichtiger als ein 90 Minuten-Kick, denn er zog genau drei Karten aus seiner Jackentasche und hielt sie in die Luft, wie den heiligen Gral.

„Du weißt was die wert sind?" Fragte er mich.

Mehr als du denkst, du kleiner Vorstadtgangster. Von diesen drei Fetzen hinge eine jahrzehntelange Freundschaft ab. Aber von solch tiefen Gefühlen verstanden die hier nichts. Spätestens nach zwei Wochen schloss man sich einer anderen Straßengang an, und die früheren Weggefährten wurden zur Nebensache. Ich dagegen pflegte meine Freundschaften, und deshalb musste ich unbedingt die Karten haben. Ansonsten würde ich mich morgen gefesselt auf dem Marktplatz wiederfinden.

Mitten in den Verhandlungen klingelte mein Handy, ein völlig fertiger Phil berichtete mir, dass sein Zimmergenosse die Minibar entdeckt hatte und jetzt gerade im Hotelflur sein Schalke-Lied zum Besten gab. Darum konnte ich mich jetzt beim besten Willen nicht auch noch kümmern. Ich hatte den Schulschwänzer bereits da, wo ich ihn hin haben wollte.

Könnte ich ihm von meinem Angebot nicht überzeugen, würde morgen keiner mehr singen.

Völlig erschöpft von den langwierigen Verhandlungen, und um sechshundert Euro ärmer, machte ich mich auf den Heimweg. Ich wollte einfach nur noch schlafen. Auf dem Weg zu meiner Ruhestätte sammelte ich noch meinen singenden Kollegen vom Hotelflur auf, und schlief friedlich ein.

Als ob es nicht schon gereicht hätte, dass wir sechshundert Kilometer quer durch die Republik mit wehenden Schals gefahren sind; ich Sixt einen blauen Stern erklären müsste, und sich sämtliche Gäste über die nächtlichen Arien beschwerten; hatte dieser hinterhältige Hund noch einige Sauereien auf Lager. Er wusste, dass ich mich lieber einer zwölf-stündigen Operation am offenen Herzen hingeben würde, als drei Minuten lang ein Ebbe Sand-Trikot anzuziehen.

„Sieh es so, er ist Ausländer, so wie Du auch bald, Drecksack!"

„Ja der macht das bestimmt auch nicht freiwillig, er bekommt Millionen dafür, dass er sich so einen Fetzen anzieht", erwiderte ich.

Hätte ich gewusst, was er noch so alles vorhatte, ich hätte mir meine Energien gespart. Auf dem Weg zum frühstücken machte er mir einen Vorschlag. Er würde nie wieder über meine Auswanderungspläne ein Wort verlieren, wenn ich nur noch eine Sache erledigen würde. Der Gedanke keinen Stress mehr mit ihm zu haben war reizvoller, als die Angst was er mit mir vorhatte.

„Singen kannst Du doch?" Fragte er mich mit einem saublöden Grinsen in der Fresse.

„Ja, zwar nicht so gut wie Du, aber geht schon!", grinste ich zurück.

Die anderen Hotelgäste im Frühstücksraum erkannten den Sängerknaben und schüttelten nur den Kopf.

„Musst nur die Hymne vom BVB singen!"

Das krieg ich hin, dachte ich mir erleichternd.

„Auf dem Marktplatz von Gelsenkirchen!!!!"

„Spinnst du, die schlagen mich tot."

„Keine Angst, du wirst zusätzlich euer Biene-Maya Kostüm anhaben, das mindert die Schläge ein wenig."

Er war wirklich um meine Gesundheit besorgt, das rührte mich ein wenig, genauso dass er mir half in die schwarz-gelbe Verkleidung zu kommen. Er hatte an alles gedacht, soviel Engagement brachte er normalerweise nur beim buchen seines Thailand Urlaubes auf. Der Bewegungsablauf mit diesem Kostüm glich dem von einer angeschossenen Ente, eine schnelle Flucht war nahezu ausgeschlossen. Bereits am Hoteleingang war ich von sämtlichen Biersorten vollgesaut, nur ein paar neutrale Fans wünschten mir viel Glück.

„Komm wir üben schon mal ein bisschen", und er stimmte „OHHHH Borussia ein."

„Arschloch!!!"

Meine Chance, dies zu überleben war gleich null. Eher würde Roberto Blanco ein weißes Baby zeugen, als das ich das hier überstand. Es waren noch ungefähr vierhundert Meter zum Marktplatz, und mir musste was einfallen. In der Mitte des Platzes fingen die ersten leichteren Gerangel der Fangruppen an, und sofort marschierte die Polizei auf. Der perfekte Platz für mein Privatkonzert, dachte ich mir. Eingerahmt von zwanzig Polizisten, zehn Pferden und fünf scharfen Hunden sang ich das Vereinslied von Borussia Dortmund, meinem Lieblingsclub. Ich habe noch nie einen Haufen Polizisten gesehen, die so dämlich geschaut haben.

Er konnte sich seine Niederlage noch nicht so ganz eingestehen, und so erzählte er jeden im Fanblock, dass ich doch eigentlich Borusse wäre und auf einen Auswärtssieg hoffte. Man sollte mich aber trotzdem in Ruhe lassen, da ich Krebs im Endstation hätte und nur nochmal eine gute Mannschaft sehen möchte.

Das war aber sein letzter Akt, und so gab er mir seinen Segen. Ich konnte ohne schlechtes Gewissen wieder an meiner Auswanderung arbeiten. Ich war so befreit und hatte eine so gute Laune, dass ich sogar versehentlich den blauen Schal in den Himmel gereckt habe.

Kapitel 5: Auswandern

Sixt stellte sich doch etwas quer und so musste ich tatsächlich einen neuen Stern bezahlen. Der Burgfrieden zwischen meinem Freundeskreis und mir hielt weiterhin, und es stand einem endgültigen Schnitt nichts mehr im Wege. Die Wohnung war gekündigt. Wegen den Tomatenflecken im Hausflur, machte mein Vermieter auch keine Anstalten mich umzustimmen. Im Gegenteil. Er beharrte sogar auf eine komplette Renovierung und das Beheben von sämtlichen Schäden. Wie oft hatte ich ihn in den letzten Jahren um etwas gebeten. Die Vergrößerung des Türrahmens oder den Einbau einer Sauna, nichts passierte. Und jetzt hatte er die Frechheit, mich wegen diverser kleinerer Mängel anzusprechen. Gut, ich hatte mir ein Wasserbett eingebildet, aber was konnte ich dafür, dass das Teil eines Nachts durch die Last meiner fetten Freundin zusammenbrach. Den Wasserschaden in den unter mir liegenden Stockwerken hatte ich bereits reguliert, nur mein Parkettboden war gewölbt wie ein Wellblechdach.

Auch wenn er mir noch zwanzig Briefe von seinem Anwalt zukommen lassen würde, mich interessierte es einen Scheiß-Dreck was er alles wollte, ich würde auf gar keinen Fall hier nur einen Finger krumm machen. Wer mir nicht half, dem helfe ich auch nicht, das war mein Standpunkt. Das Thema mit dem renovieren war somit vom Tisch, blieb nur noch die Frage wohin mit der Einrichtung. Durch das beherzte Einmischen meiner Ex, musste ich mich wenigstens nicht um die Entsorgung des Wasserbettes kümmern. Niemand wollte meine exklusive Einrichtung haben, selbst eine Spende an das Frauenhaus scheiterte. Da durch Schalke und sonstige Aktivitäten mein eigentlich gedachtes Umzugsbudget ziemlich geschrumpft war, entschloss ich mich erst mal, gar nichts zu machen. Sollte sich doch der alte Querulant mit meinen Alt-Möbeln herumschlagen. Meinen Computer hatte ich noch so bearbeitet, das niemand mehr nachverfolgen konnte, auf welchen schmutzigen Seiten ich war.

Die Abschiedsparty musste etwas ganz besonderes werden. Man sollte sich auch noch nach Jahren daran erinnern können. So lud ich alle Leute ein, mit denen ich in jüngerer Vergangenheit zu tun hatte. Meinen Freundeskreis und meine alten Kollegen von damals waren eingeladen, selbst meine Ex, die aber auf Grund eines Kuraufenthaltes leider absagen musste. Diese Party ging in die Geschichtsbücher ein, alle waren super drauf, und als Tommi die spanische Flagge verbrannte, stieg die Stimmung auf ihren Höhepunkt. Es war Zeit zu gehen. So verschwand ich still und leise und verbrachte die letzte Nacht in meiner Stadt in einem Hotel….

So als ob es der Kapitän gewusst hätte, drehte er eine Extra-Runde über München, und so sah ich nochmal die komplette Schönheit dieser Stadt. War es das richtige, was ich hier gerade machte? Mir kamen erste Zweifel, die aber unverzüglich durch die Durchsage aus dem Cockpit wieder zerstreut wurden.

„….es erwarten uns 27 Grad und strahlend blauer Himmel, auf geht's nach Spanien!"

Genau, recht hat er, auf geht's nach Spanien!

Sämtliche Zusagen der Baufirma, die Wohnung fertig zu stellen, wurden nicht eingehalten. Die Elektrik war nach wie vor nicht verlegt, und jetzt zog es wirklich, denn ein Vollpfosten von Arbeiter bohrte ein riesen Loch in die Wand. Warum er dies tat wird sein ewiges Geheimnis bleiben, denn nach dieser Tat wurde er fristlos entlassen. Das wiederum brachte mich keinen Schritt weiter, denn jetzt hatte ich auch nachts einen direkten Blick auf den Sternenhimmel. Jetzt war die erste Bewährungsprobe. Ich wollte mich nicht mehr über jeden kleinen Scheiß gleich aufregen, sondern für den Rest meines Lebens es ruhig angehen lassen.

Ich war bereits seit fünf Stunden in meiner neuen Heimat und hatte immer noch kein Bier getrunken. Deshalb entschloss ich mich zum Meer zu gehen um dies zu ändern. Mitte Februar, im T-Shirt bei 27 Grad. Draußen ein Bier trinken. Danke alter Börsenguru, schrie ich Richtung München. Ich sah auf das Meer, es waren bereits Kinder drinnen und sie spielten mit ihren Luftmatratzen. Ich dankte Gott, dass er mir die Plagen vom Hals gehalten hat.

Es war mittlerweile Mitte August, die Temperaturen kletterten auf über vierzig Grad und ich ließ beim schlafen die Wolldecke weg. So sollte es sein! Auch die anfänglichen Probleme mit der Wohnung waren mittlerweile gelöst und ich hatte ein sorgenfreies und entspanntes Leben. Die Hoffnungen, dass mein alter Kumpel zu mir zog, zerschlugen sich, weil er zwischenzeitlich irgendwie eine Frau abbekommen hatte, und diese für mich nicht verlassen

wollte. Bis auf diese Angelegenheit lief alles so, wie ich es mir
vorgestellt hatte. Andauernd schönes Wetter, nie wieder
frieren und keinen Chef an der Backe, der irgendwas von
einem wollte, was mit Soll und Haben zu tun hatte. Nur eine
Sache hatte ich bei meinen Plänen nicht ganz durchdacht.
Spätestens um elf Uhr war die Bild ausgelesen, um dreizehn
Uhr hatte ich so einen Sonnenbrand, dass ich erst mal zum
Supermarkt musste, um mein Gesicht in der Tiefkühle zu
erfrischen. Blieb noch der Nachmittag, den ich rumbringen
musste. Auch über Satellit wurde das deutsche
Fernsehprogramm nicht besser. Richter Hold und sämtliche
andere Schwachsinnssendungen bestimmten meinen
Nachmittag. Ich wollte zwar nie wieder arbeiten, aber mich
komplett irre machen, wollte ich auch nicht. Meine
fehlenden Sprachkenntnisse verhinderten einen guten Job,
aber um nur mal rauszukommen würde es auch eine
Aushilfsarbeit tun, dachte ich mir. Jeder Restaurantbesitzer
müsste sich glücklich schätzen, einen Mitarbeiter wie mich zu
bekommen. Schließlich war es noch nicht allzu lange her,
dass ich ganz oben mitgespielt hatte.

Mein erster Weg war der zu meiner Strandkneipe am Meer.
In den sechs Monaten die ich jetzt hier war, hatte ich noch
nie einen Einheimischen gesehen und deshalb war ich mir
sicher, dass dies kleine Sprachproblem kein Hindernis sein
dürfte. Der Betreiber des Lokals war selber ein Deutscher,
und man konnte hervorragend mit ihm nächtelang
durchsaufen. Gerade deshalb gab ich mir selber die
allerbesten Chancen auf einen Job. Anscheinend stieß ich
auch bei ihm mit meiner Bitte auf offene Türen, denn er war

von meinem Vorschlag begeistert. Jetzt hätte er mehr Zeit für sich und seine Familie und müsste nicht immer irgendwelchen Assis ihr Bier bringen. Je mehr er darüber nachdachte, desto besser fand er meine Idee und frohlockte entzückt.

„Ich werde mich natürlich auch beteiligen."

„An was?" fragte ich verwundert.

„Ja an dem Sprachkurs natürlich, Du kannst kein Wort Spanisch!"

„ Und trotzdem schaffe ich es, hier immer ein Bier zu bekommen, erwiderte ich, und außerdem sind hier nur Landsleute von uns".

„Was machst Du, wenn hier wirklich mal ein Spanier aufkreuzt?" Fragte er mich erneut.

„Ein Bier bringen??!!" Lächelte ich siegessicher.

Er blieb bei seiner Meinung, dass es in der Gastronomie lebenswichtig sei, die Landessprache zu können, stur wie ich war, blieb ich bei meiner.

Auch alle anderen Wirte im Umkreis vertraten diese kleinkarierte Ansicht, und so begrub ich die Idee vom kellnern relativ bald wieder. Bei einem Stundensatz von knapp vier Euro hielt sich meine Enttäuschung aber auch in Grenzen. Das hatte ich vor kurzem noch in der Pinkelpause verdient.

Mein Stolz war mir geblieben, genauso wie meine Langeweile. So hatte ich nur eine Aufgabe, die Bräune eines Schwarzafrikaners zu toppen.

Ich war Mitte dreißig. Vor lauter Langeweile fing ich an, ein Mittagsschläfchen in meinen Tagesablauf einzubauen. So konnte ich wenigstens einen Teil des gehirnlosen Fernsehprogramms entgehen. Mir fiel beim besten Willen nichts ein, wie ich die Zeit totschlagen konnte. Es müsste doch eine Möglichkeit geben, meine Zeit hier sinnvoll zu gestalten und dabei auch noch ein wenig Geld zu verdienen. Auch hier war das Leben nicht umsonst und mein anfänglich hoher Bargeldbestand schwand doch merklich. Jetzt kam zu dem bekannten Problem auch noch das der Existenzangst dazu. Mir kamen die ersten echten Zweifel, ob das der richtige Schritt gewesen sei. Hatte ich früher Probleme, schnappte ich mir einen meiner Freunde und wir zogen um die Häuser. Jetzt war ich völlig allein. Ich wollte wenigstens die Stimme von Tommi hören und rief ihn deshalb an. Nach dem siebzehnten Läuten ging er auch sichtlich genervt an das Telefon. Er erzählte mir, dass er noch völlig prall vom Vorabend sei, denn sie feierten alle zusammen Phillis Geburtstag. Wie gerne wäre ich dabei gewesen, dachte ich mir und hörte mir nebenbei noch an, was sie sonst so alles zusammen trieben.

„Ach ja und noch was, habe gestern fünfhundert Euro gewonnen, sagte er beiläufig."

„Wie das denn?"

„Hab den Fuffi auf Bayern gesetzt, und die Quote war Mörder hoch."

„Wie Fuffi, Bayern, Mörderquote?"

Er berichtete mir, dass er zwischenzeitlich Sportwetten machen würde, und er damit schon einen Haufen Kohle gemacht hätte. Man müsste sich nur ein bisschen auskennen, und dann wäre das ganze eine wahre Gelddruckmaschine.

Wenn ich mich mit etwas auskannte, dann mit Fußball. Sei es aktiv oder passiv, dachte ich mir. Den Rest des Gespräches konnte ich nicht mehr so ganz folgen, denn ich war bereits in Gedanken, wo ich auf die Schnelle einen Laptop und einen Internetzugang herbekommen würde.

Es war Samstagnachmittag. Absolut der perfekteste Zeitpunkt, um meine Karriere als Zocker zu starten. Die Angebote auf der, von mir ausgewählten Webside, waren faszinierend. Auf alles konnte man wetten! Wer das erste Tor schießt, wer als erste eine gelbe Karte bekommen würde, oder ob sich der Schiedsrichter beim Nasebohren die Finger bricht, einfach alles. Ich war absolut begeistert und konnte es nicht ganz verstehen, warum ich nicht selber auf den Gedanken gekommen bin.

Die Einzahlung erwies sich ebenfalls als nicht schwierig. Ich hatte noch Phil´s Kreditkartennummer, die er mir mal für den Notfall gegeben hatte. Das war einer, das würde er sicherlich auch verstehen. Das Limit war nicht so hoch wie er uns immer großkotzig vorgaugelte, und so brachte ich seine Karte an den Rand der Zahlungsunfähigkeit.

Bei der Durchsicht des Spieltages schoss mir eine Begegnung sofort ins Auge.

Bayern München-SC Freiburg

Der deutsche Meister gegen einen Aufsteiger. Da brauchte man jetzt nicht wirklich viel Sachverstand, um hier den Sieger zu wissen. Die Quote lag bei 1.35. Ich hatte zwar keine Ahnung, was dies zu bedeuten hatte, aber die werden schon wissen was sie machen, dachte ich mir. Armselige tausend Euro spuckte die Karte meines Freundes aus, und die wollte ich auch gleich wieder reinvestieren.

Bayern München-SC Freiburg.

Sieg Heimmannschaft.

Quote 1,35.

Einsatz: 1000 Euro.

Wette bestätigen?

Stand auf meinen frisch erworbenen Laptop. Ja klar bestätigen, oder glaubt ihr, ich habe meine Zeit gestohlen, fluchte ich den Elektrokasten an.

Ihre Wette wurde erfolgreich gebucht, viel Glück!

Ja das würde ich auch brauchen, ansonsten dürfte ich nie wieder ans Handy gehen, wenn ich Philis Nummer sehen würde.

Samstag, 15.30 Uhr! Heilige Zeit in deutschen Wohnzimmern. Auch knapp zweitausend Kilometer weiter sollte jetzt keiner auf den Gedanken kommen, mich anzusprechen. Nach zwanzig Minuten fiel bereits das erste Tor, zur Halbzeit stand es 2:0 und am Ende der Partie konnte sich der Favorit mühelos mit 4:1 durchsetzen. Es war wirklich nicht schwer das vorherzusehen, und ich war gespannt, was mir das an Kohle gebracht hat.

Kontostand: 1.350 Euro.

Stand oben rechts auf dem Monitor.

350 Euro, innerhalb von 90 Minuten. Soviel hatte ich noch nie in so kurzer Zeit verdient, dachte ich und goss mir ein Siegerpils ein. Eine Idee war geboren, ich hatte etwas zu tun, konnte Geld verdienen und war dank eines tragbaren Laptops auch noch in der Sonne. Besser konnte es nicht laufen, wäre da nicht der entzürnte Anruf meines Sponsors gewesen. Der war zwischenzeitlich an einer Tankstelle gewesen und konnte seine Rechnung nicht bezahlen.

Das Versprechen die Kohle zurück zu überweisen, hielt ich natürlich, auch wenn ich mir dafür ein wenig Zeit nahm.

Wie bereits beim Börsenboom, verpennte ich die wertvolle Zeit komplett, denn dies war der letzte Bundesligaspieltag und die Sommerpause stand an. Von dem gewonnen Geld konnte ich mich locker bis zum Beginn der Weltmeisterschaft ernähren, und musste nicht an meine Reserven. Ich fieberte dem Beginn des Eröffnungsspiels entgegen.

Frankreich-Senegal

Eine Quote von 1,80 bot mein Wettanbieter. Die sind völlig irre, das ist sowas von klar, dass die Froschfresser das gewinnen, lachte ich innerlich.

Den Einsatz von fünftausend Euro fand ich angesichts meiner Sicherheit für völlig angebracht. Die sicheren viertausend Euro Wettgewinn hatte ich auch gedanklich bereits wieder ausgegeben. Ein Profizocker bräuchte unbedingt einen ultragroßen Fernseher, am besten gleich an die Wand getackert. Die Eröffnungsfeier zog sich unendlich lang, und ich musste mir ansehen, wie irgendwelche Asiaten gegen einen überdemensionalen Ball traten. Das Schauspiel war so langweilig, wie mein vorheriges Leben ohne Zockerei. Endlich ging es los, die Franzosen machten gleich ordentlich Dampf und spielten die Afrikaner an die Wand. Senegal sah das Tor nur von der Weite, bis zur 30. Minute, da stand es auf einmal 0:1 gegen meine Mannschaft. Kann passieren und wird schon wieder, redete ich mir ein. Frankreich probierte alles, aber der Ball wollte einfach nicht ins Tor. Ich musste handeln, ein Sieg war angesichts der restlichen Spielzeit von zehn Minuten nahezu ausgeschlossen, aber ein Unentschieden wäre durchaus noch drinnen.

Da ich mittlerweile selber eine Kreditkarte besaß, und somit nicht mehr auf die Gunst meines Freundeskreises angewiesen war, füllte ich mein Wettkonto, mit allem was das Plastikteil zu bieten hatte.

Ergebnis reguläre Spielzeit: Unentschieden.

Quote: 5,20.

Einsatz: 10.000 Euro.

Wette bestätigen?

Ja verdammt, hämmerte ich auf die Tastatur.

Ihre Wette wurde erfolgreich verbucht, wir wünschen viel Glück!

Ein beschissenes Tor und ich könnte den ganzen Elektromarkt leerkaufen. Wenn keines mehr fällt, hätte ich mal schnell 15.000 Euro verballert.

Es blieb beim 0:1!

Stundenlang schaute ich noch apathisch auf den Videotext. Es konnte nicht sein! Der ehemalige Weltmeister verliert gegen einen Fußballzwerg, und ich nebenbei so viel Geld, dass ich locker drei Jahre hier hätte leben können.

Wie sagte meine Mutter immer: Junge, wenn Du vom Pferd fällst, dann steig wieder auf. Ich hörte nie auf sie, warum sollte ich jetzt gerade? Gut, fünfzehntausend waren unwiderruflich weg, aber ich hatte noch genügend um nicht unbedingt arbeiten zu müssen. Eine Chance würde ich dieser verkackten WM noch geben. Wenn das wieder nicht hinhaut, würde ich keine Spiele mehr anschauen, beschloss ich.

Meine Wahl fiel auf unsere Jungs, auf die konnte man sich noch verlassen. Das erste Spiel gewannen sie locker 8:0 gegen Saudi Arabien, das zweite war jetzt gegen Irland. Ich war mir genauso sicher wie beim Spiel der Franzosen, war aber trotzdem mit dem gedanklichen Geldausgeben etwas vorsichtiger. Meinen üblichen Einsatz von zehntausend wollte ich nicht verändern und so gab ich auch die Wette ab. Tatsächlich, das Glück kam zurück. Denn nach achtzehn Minuten stand es 1:0 für Deutschland. Bei einer so frühen Führung freut man sich natürlich, denkt aber bereits einen Schritt weiter. Wo würde noch was gehen, wie könnte man seinen Gewinn noch optimieren. Das wird genauso ein Schützenfest wie gegen die Saudis, da war ich mir todsicher!

„Handicap zwei, Handicap zwei", tippte ich in die Tastatur.

In der 92. Spielminute fiel das 1:1!

Ich machte meine Drohung war und sah mir kein Spiel mehr an.

Knapp vier Jahre war ich nun in Spanien, mein Geld war weg. Einen Teil hatte ich für meinen Lebensunterhalt gebraucht, einen anderen für Partys, und der Rest wurde verzockt. Knapp Hunderttausend Euro in vier Jahren, das waren griechische Werte. Respekt vor so einer Leistung! Da ich nun auch mehrmals im Monat Besuch von Einbrechern bekam, beschloss ich:

„Wisst´s was, leckts mich doch alle am Arsch!"

Kapitel 6: Rückkehr

„Nur ein paar Tage, ich versprech es dir, und ich such mir auch sofort eine eigene Wohnung", waren meine Worte zu meinem alten Kumpel. Seine Lust mich aufzunehmen hielt sich in Grenzen, denn er hatte die letzten zwei Jahre dazu genutzt, eine Familie zu gründen. Mein Saufbruder ist Vater geworden, das war ein Gedanke, an den ich mich erst gewöhnen musste. Bestimmt würde er sich freuen, mit mir wieder um die Häuser zu ziehen, und mal nicht an Windeln und an die keifende Ehefrau denken zu müssen.

Bei meinem Auszug fuhr ich dieselbe Taktik wie bei meiner Auswanderung. Ich überließ sämtlichen Krempel einer Dame, die meine Wohnung gemietet hatte. Sie bat mich lediglich noch den Briefkasten zu entleeren, denn es ginge beim besten Willen nichts mehr hinein. Auf dem Weg zum Flughafen las ich dann auch die Post, die ich so in den letzten Monaten bekommen hatte. Ein Schreiben von einem deutschen Anwalt erhielt meine Aufmerksamkeit. Er teilte mir mit, dass er nun einen Vollstreckungsbescheid beantragen lies, und ich die weiteren Kosten tragen müsste. Der kann beantragen was er will, der alte Pisser dachte ich mir, und schmiss den Wisch aus dem fahrenden Auto.

Am Vorabend hatte ich mir noch die Lindenstraße reingezogen, und beim Vorspann bekam ich feuchte Augen. Es war Mitte Januar und ich freute mich auf Münchner Schnee und Kälte. Ich wurde alt!

Da ich kein Geld mehr hatte, verzichtete ich auf den obligatorischen Auftritt im Flugzeug. Ich saß mich da hin wo ich auch hingehörte, ganz hinten. Irgendwie war ich gescheitert, aber mir war das egal. Ich wäre bald wieder unter Leuten und könnte auch um Mitternacht eine Straße überqueren, ohne Angst haben zu müssen, überfallen zu werden. Ich schlief friedlich mit großer Vorfreude ein, und wurde erst von der Durchsage des Kapitäns geweckt,

„….. müssen wir leider in Zürich zwischenlanden"!

Mir doch egal wo der zwischenlandet. Hauptsache ich komm bald nach Hause, dachte ich mir. Ja genau, nach Hause, nach München, meine Stadt.

Unfassbare drei Stunden standen wir auf dem Rollfeld in Zürich. Niemand wusste so richtig warum wir eigentlich hier waren und vor allem wann es weiter ginge. Nach drei Freigetränken bewegte sich der Flieger langsam Richtung Startbahn und es ging weiter.

Mir kam es schon ein wenig komisch vor, als alle meine Mitreisenden ihren Ausweis oder Pass zückten. Wir kamen doch aus Spanien, einem EU-Land, und es gab seit Jahren keine Grenzkontrollen mehr. Doch durch die Zwischenlandung wurde der Flug anscheinend anders bewertete, und wir mussten alle durch die Passkontrolle dackeln. Ich sah bereits Thomas und Phili durch die Glasscheibe und wollte den Scheiß so schnell wie möglich hinter mich bringen. Deshalb legte ich recht zügig meinen Pass dem Zöllner vor. Der wiederum machte keine Anstalten meinem Tempo mitzuhalten. Er zog ihn durch das Lesegerät und rollte die Augenbrauen. Er zog ihn nochmal durch das Lesegerät, und jetzt zuckten auch noch seine Mundwinkel.

„Gegen Sie liegt ein Haftbefehl vor, ich muss sie bitten mitzukommen."

„Was ist los?? Wie bitte??!!"

„Gegen Sie liegt ein Haftbefehl vor, verstehen Sie mich nicht?!"

Ich war zwar vier Jahre nicht mehr hier, aber die Sprache hatte ich trotzdem nicht verlernt.

„Kann nicht sein, da müssen Sie sich irren, schauen Sie doch bitte nochmal", bat ich den Grenzpolizisten.

„Muss ich nicht, habe ich schon mehrmals!"

Wie aus dem nichts erschienen zwei weitere Staatsdiener und führten mich ab. In einem kleinen dunklen Raum verlasen sie mir die Anklageschrift. Ich kam der Aufforderung nicht nach, eine Eidesstattliche Versicherung abzugeben. Ja klar kam ich der nicht nach, warum auch?

„Hört mal zu Kollegen, ich komme gerade aus Spanien. Dort habe ich vier Jahre lang gewohnt, woher soll ich denn wissen was ich hier alles abgeben soll", verteidigte ich mich schon leicht genervt. Und warum sollte ich den Mist überhaupt machen. Nach einer halbstündigen Belehrung, verstand ich auch den ganzen Trubel gegenüber meiner Person.

Mein ehemaliger Vermieter machte seine Drohung war und verklagte mich auf Übernahme der Renovierungskosten. Da ich zu sämtlichen Gerichtsverhandlungen nicht erschien, verlor ich auch ohne meine Anwesenheit den Prozess. So wurde ich rechtsmäßig verurteilt, und er würde noch insgesamt 8.366,56 Euro von mir bekommen. Ich könnte das abwenden, in dem ich gleich alles bezahle oder eben diese eidesstattliche Versicherung abgebe, meinte der Polizist.

„Einen Scheiß werde ich machen", entschloss ich mich. Kaum eine halbe Stunde wieder hier, und schon Ärger mit der Justiz. Ich hatte nichts verlernt.

Die Nacht im Gefängnis war eigentlich ganz schön. Aber ich musste hier raus. Um das Urteil anzufechten, war es nun ein wenig zu spät, und so blieb mir nichts anderes übrig, dem alten Arsch die Kohle zu bezahlen. Aber wie? Mein Geld war aufgebracht und ich hatte hier rein gar nichts was ich beleihen könnte. Ich war Eigentümer einer Wohnung, die einen aktuellen Marktwert von über hunderttausend Euro hatte, und saß im Knast wegen läppischen acht Mille.

Sämtliche Entschuldigungen in Richtung Philip brachten nichts, er würde mir nichts leihen, ließ er mir durch einen weiteren Freund ausrichten. Bei Geld hörte für ihn die Freundschaft auf, und außerdem stünde die Aktion mit der Kreditkarte noch im Raum. Ich hatte ihm damals relativ zügig das Geld wieder zurücküberwiesen, und eigentlich nur die anfallenden Bankspesen abgezogen. Kleinkarierter, nachtragender Spieser, schrieb ich auf die Gefängniswand und malte ein Bild von ihm daneben.

Eine Wiese wurde von mir also schon mal komplett abgrast, und weitere waren weit und breit nicht in Sicht. Tommi brauchte ich gar nicht erst zu fragen, der war mehr damit beschäftigt das Windelaufkommen zu finanzieren, als mir helfen zu können. Jeden Morgen kam ein anderer Gefängniswärter und fragte mich durch die Tür:

„Und will er heute unterschreiben??"

„Verpiss Dich, einen Scheiß werde ich", war meine Standartantwort.

Zu meinen bekannten Problemen gesellte sich noch ein weiteres. Irgendjemand musste meinem zuständigen Finanzamt gesteckt haben, das ich wieder im Lande war. Die Finanzamtsheinis hatten nichts Blöderes zu tun, als sämtliche Schätzungsbescheide der letzen Jahre bei mir einzutreiben. Durch diese grandiose Aktion erhöhte sich mein Schuldenstand schlagartig auf fast siebenundzwanzigtausend Euro. Ich war mittlerweile bei einer Summe angekommen, die keiner meiner Freunde oder Bekannten aufbringen konnte.

„ Und will er heute unterschreiben?"

Eine Kaffeetasse flog Richtung Gefängnistür. Alleine würde ich aus dieser Scheiße nicht mehr rauskommen, dazu war die Situation zu aussichtslos. Zwei Telefongespräche durfte man in der Woche führen. Ich nahm Anleihen für die nächsten acht Monate und rief verschiedene Makler an, um meine Wohnung zum Verkauf anzubieten. Die Lage, und der von mir geforderte Preis versprachen einen baldigen Abschied aus dem Staatshotel. Da ich ein wenig verhindert war, bekam mein Makler alle notwendigen Vollmachten, die für den Verkauf nötig waren. Sämtliche Reisekosten, Spesen etc. lies er sich natürlich erstatten und auch seine Marge war abenteuerlich hoch. Nach gefühlten zweiunddreißig Jahren teilte er mir dann schließlich mit, dass er einen geeigneten Käufer gefunden hätte und schon bald der Notar Termin sei. Ich könnte spätestens bis Ende des Monats mit dem Geld rechnen. Es war der fünfte Januar!!

Am siebzehnten Februar war es dann auch endlich soweit, und ich bestellte alle meine Gläubiger, nebst Gerichtsvollzieher und alle anderen, die was von mir wollten nach München-Stadelheim. Es war wie bei Al Bundy im Vorspann, als er alle Schmarotzer bediente.

Ich konnte mich zwar nicht mehr zu den Großgrundbesitzern reihen, war aber dafür schuldenfrei und es blieb sogar noch etwas übrig. Nicht viel, es würde aber reichen um nicht gleich eine Bank überfallen zu müssen. Ich ging zurück in meine Zelle um meine Sachen zu packen. Ich wollte hier nur schnellst-möglichst verschwinden. Auch nach dem zwanzigsten klopfen an der Eisentür, fühlte sich niemand für mich zuständig. Man müsste erst auf die Aufhebung des Haftbefehls warten, meinte der Aufseher. In Anbetracht meines Verhaltens der letzten Monate, könnte dies ein wenig dauern, grinste er mich frech an.

Es war Freitagnachmittag, der Haftrichter wollte zu Mutti ins Wochenende, und so kam ich erst Montagvormittag in die langersehnte Freiheit.

Vor dem Gefängnis warteten schon meine Kumpels auf mich und sie hatten auch eine besondere Überraschung. Sie trugen alle etwas gestreiftes und hielten ein Schild in den Himmel, mit der Aufschrift:

      Ich kotze mir auf´s Knie,

      unterschreiben wird er nie!

Endlich konnte ich meine Jungs wieder in die Arme nehmen, wie es eigentlich schon vor ein paar Monaten gedacht war. Mit den Worten:

„ Na alter Knasti, dünn bist geworden", umarmte mich mein bester Freund.

Auf dem Weg, zu meiner vorläufigen Bleibe, schaute ich mir die Landschaft genau an. Viel hatte sich geändert in den letzten Jahren. Ein Bauwerk kannte ich noch gar nicht und erkundigte mich deshalb genauer.

„Was ist denn das, in Gottes Namen?!"

„Unser neues Fußballstadion, die Allianz Arena, schallte es mir entgegen."

„Krass, und was ist aus dem Olympiastadion geworden?"

„Das haben sie abgerissen und bauen dafür nen Mega-Knast, für Leute wie Dich!"

Ich konnte mich auf die Späße nicht so einlassen, denn ich war wirklich fasziniert, wie sich in vier Jahren meine Stadt verändert hatte. Vor lauter gucken und schauen bekam ich überhaupt nicht mit, dass wir schon lange da waren. Ich saß immer noch auf dem Beifahrersitz und träumte vor mich hin, als mir eine völlig unbekannte Dame die Tür aufmachte.

„Servus, ich bin die Erika, Tommis Frau!"

Beiläufig gab ich ihr die Hand und schaute mir gleichzeitig den grauen Wohnblock an. Ja, hier fühlte ich mich zu Hause, hier war der Ort an dem ich mehr Zeit verbrachte als bei mir daheim.

„Komm wir gehen hoch, habe einiges umgestellt, und ne mega-geile Dolby habe ich auch noch", sagte mein Freund und nahm mich unter den Arm.

Die Wohnung war eigentlich noch genauso eingerichtet wie früher, nur ein paar unnötige Gegenstände wie Wickelkommode oder Spielteppich kamen dazu. Ich schaute mir die Wände an, wo früher unsere Bilder waren, hingen jetzt diverse Fotokolaschen wie „Urlaub auf dem Ponnyhof 2002" oder „Türkei 2003". Wo hatte ER unsere? Ich konnte „Rotzbesoffen auf Schalke", und „Sternhagelvoll in Dortmund" nirgends finden. Hatte dieser miese Bruder unsere gemeinsame Zeit etwa vergessen, dachte ich?

„Wie findest Du sie?"

„Echt atemberaubend, der Hammer wie Du das hinbekommen hast, und groß ist sie geworden!"

„Nicht meine Bierflaschensammlung, meine Tochter, Du Volldepp!"

Ich schaute an meinem Bein herunter und streckte unkontrolliert, wie ein Hundehasser der gerade von einem Rüden bestiegen wurde, mein Bein aus. Gott sei Dank sendete mein Kleinhirn noch reitzeitig die richtigen Signale. Ich traf sie nicht, allerhöchstens leicht gestreift.

„Spinnst Du jetzt völlig", hallte es durch den Raum.

„Sorry, das hat man uns so in Spanien beigebracht", entschuldigte ich mich. Ich half der kleinen wieder auf die Beine und schaute sie mir an, wie ein Vegetaria, der gerade zum ersten Mal eine Wurstsemmel in der Hand hielt.

„Ja und, wie findest Du mein Goldstück", fragte mich Thomas erneut.

„Ganz nett, aber für was braucht man sowas??"

„Erziehen, ernähren, zur Schule bringen, seine Gene weitervererben,…..!!"

„Aus dem Haus jagen??" Unterbrach ich ihn.

„Klar, so in 19-20 Jahren wird sie uns sicherlich auch verlassen."

Könnten wir diesen Punkt nicht vor allen anderen stellen, jetzt wo ich wieder da war, fragte ich in die Runde.

„Du warst krank, Du bist krank und die wirst immer krank bleiben", antwortete er mit einer abfälligen Handbewegung.

Seine Frau gab ihm völlig Recht, indem sie nickte, wie ein Specht der gerade ein Loch in den Baum hämmert.

Um die, doch zugegeben etwas peinliche Situation schnell zu umgehen, fragte mich seine Holde wo ich denn schlafen möchte. Wo sollte ich denn? Nehme ich den blauen, oder den grünen Salon, oder doch besser den kompletten Südflügel? Doch eigentlich stünde in Wirklichkeit nur das zwanzig Jahre alte Sofa, oder das Kinderzimmer zur Auswahl. Ich entschied mich für das Sofa.

„Muss dir aber sagen, dass es schon sehr alt ist und von diversen Liebesabenteuern, naja sagen wir, etwas befleckt ist", gab sie mir zum Besten.

„Egal!!! Ich nehme das Sofa". Bevor ich mit einer grunzenden zweijährigen das Zimmer teilen würde, nehme ich es lieber in Kauf, auf dem Liebessaft meines Kumpels zu nächtigen.

Die erste, und auch die darauf folgenden Nächte verbrachte ich damit, lautstark zu telefonieren, um meinen Freundeskreis wieder zu aktivieren. Einige freuten sich mich wieder zu hören, die meisten legten einfach auf, als sie meine Stimme erkannten. Mit denjenigen, die mir eine zweite, oder dritte Chance gaben, unterhielt ich mich stundenlang und wir gruben alte Geschichten aus. Die Reihenfolge war immer dieselbe. Zuerst kam Thomas in das Wohnzimmer geschneit und schrie mich an:

„Halts Maul, ich muss morgen arbeiten."

Dicht gefolgt von seiner Alten.

„ Sei endlich leise, die Kleine schläft!!"

Der Nachsatz war nicht weniger freundlich:

„Räum endlich diese scheiß Bierflaschen weg!!"

Ich hatte ihm hoch und heilig versprochen, mir sofort eine eigene Wohnung zu suchen, aber ich fand es hier trotz anfänglicher Startschwierigkeiten doch recht lustig. Die Familienbilder hatte ich auf die Toilette verlegt, und dafür unsere Sauffotos wieder aufgehängt. Des Weiteren kümmerte ich mich mit Nachdruck um einen 24-stündigen Kindergartenplatz für seinen Schreihals. Er müsste dringend mal wieder unter Leute, glaubte ich ganz fest. Nirgends im nahen Umkreis gab es eine „Rund um die Uhr" Kinderbetreuung, und ich fing an, den Unmut der Eltern zu verstehen, die schon seit langem einen geeigneten Kindergartenplatz suchten.

Mittlerweile war ich seit fast sechs Wochen Gast in dieser netten Familie. Die anfängliche Antipathie seitens seiner Frau, wich purem Hass. Eines Nachts, ich telefonierte gerade mit meiner Ex, die mittlerweile dreißig Kilo zugenommen hatte, war das tägliche Ritual. Er kam in das Wohnzimmer, aber er schrie nicht mehr, sondern setzte sich neben mich und fing das Reden an.

„Pass auf, so geht das nicht mehr. Die Kleine singt den ganzen Tag Heya BVB, und dem Kanarienvorgel hast du die blauen Federn ausgerissen. Außerdem schaut es hier aus wie Sau. Du musst gehen." Er war aber noch nicht fertig.

„Hör mit dem saufen auf, such dir nen Job und eine Wohnung. Morgen bist du raus!"

Bumms, das saß. Ich versuchte ihn noch umzustimmen, in dem ich ihn an unsere alten Zeiten erinnerte, hatte aber keinen Erfolg damit.

„Alter, diese Zeiten waren geil, aber sie sind vorbei. Ich bin jetzt Vater und das ist auch gut so", sagte er noch leise und verschwand in sein Schlafzimmer.

Ich hätte schwören können, dass er seine Drohung nicht wahr machen könnte, aber der Einfluss seiner Alten war dann doch größer als die Verbundenheit zu mir. Im Hausflur steckte er mir noch einen Zettel in die Jacke und gab mir einen Klaps auf die Schulter. " Denk darüber nach, was ich dir gestern Nacht gesagt habe", sagte er noch und ging zu seiner Frau und seinem Kind, das nun auch fehlerfrei „Oh, Borussia" singen konnte.

Obdachlos fehlte mir noch in der Reihe meines scheiterns, aber das hatte ich ja jetzt geschafft. Das Eigenlob mir gegenüber hielt sich in Grenzen.

Kapitel 7: Ganz unten

Auf dem Weg zur nächsten Parkbank fing ich wirklich das Überlegen an, aber nicht über das was man mir gestern unberechtigterweise an den Kopf geworfen hatte, sondern vielmehr, wo ich um acht Uhr morgens etwas zu trinken her bekam. Ich war einen gut gefüllten Kühlschrank, mit sämtlichen Biersorten gewohnt und auf einmal war ich wieder Selbstversorger. Diesen Rückschritt musste ich erstmal verdauen. Es war der erste Frühlingstag in diesem Jahr und gleichzeitig der schlechteste Moment, sich um meine jetzige Situation Gedanken zu machen, beschloss ich, und stieß mit einem Jägermeister auf mich selbst an.

Die Parkbank musste wohl direkt an einer Schule oder Kindergarten gelegen haben, denn ich wurde von einem erbärmlichen Lärm geweckt. Vor mir lagen sechs kleine Fläschchen Jägermeister und vier Flaschen Bier, also kein Grund mich rüde zu beschimpfen, so wie es einige Mütter gemeint hatten. Da ich noch ein wenig müde war, hatte ich keine Lust, mich mit meinen Mitmenschen zu streiten. Deshalb beschloss ich, mir eine andere Bleibe zu suchen und überlies mein Domizil der wütenden Menge.

Im Stadtpark war es viel besser. Keine Kinder und den Kiosk direkt vor der Nase, so konnte man es doch aushalten. Und wenn mir doch langweilig wurde, hatte ich immer noch die Enten, auf die ich mit Steinen schießen konnte. So ging mein erster Tag als Wohnungsloser doch recht bald zu Ende. Nun musste ich mich beeilen, da der Kiosk bereits am schließen war. Eine Notration von allem, was man so braucht, hatte ich nun und machte mich gerade Betti-fertig. Die Abendzeitung von gestern war die ideale Decke. Ich schaute auf den sternklaren Himmel und überlegte, was wohl jetzt gerade in Spanien los wäre, da klingelte mein Handy.

„Pension „zum goldenen Hirschen", kommen Sie heute noch, oder können wir das Zimmer weitervermieten?"

„Warum soll ich denn zu Ihnen kommen", fragte ich verwundert.

„Ein Herr Maier hat gestern ein Zimmer für Sie reserviert, und wir warten noch auf Ihr kommen ".

Ich holte den Zettel, der mir morgens noch zugesteckt worden war, aus meiner Jackentasche und fing das weinen an.

Pension zum goldenen Hirschen

Zimmer 106

Gebucht, bist Du wieder eine eigene Wohnung hast. Haben alle zusammengelegt.

Tommi und Phil

P.S. Ich konnte die blauen Federn auch nie leiden.

Das Zimmer war klein, es gab keinen Fernseher und die Toilette musste ich mir mit sämtlichen anderen Hotelgästen teilen. Aber das war das kleinere Übel. Besser so, als der gestrige Kampf mit den Enten im Stadtpark um einen geeigneten Kackplatz. Da es hier nichts gab, mit dem ich mich irgendwie ablenken konnte, musste ich mir tatsächlich Gedanken über mein Leben machen. Ich hatte es tatsächlich geschafft, mich innerhalb von vier Jahren komplett in die Scheiße zu reiten. Ich hatte kein Geld mehr, aber ich war gesund und hatte meinen Humor nicht verloren. Das waren zwei Eigenschaften auf denen man durchaus aufbauen konnte. Diese Nacht war genauso magisch, wie die beim Mauerfall. Ich holte mein Handy aus der Tasche und ging auf YouTube. Wind of Change wäre jetzt genau die richtige Musik zum einschlafen.

Am nächsten Morgen liefen immer noch die Scorpions, musste wohl irgendwie auf den Repeat-Modus gekommen sein. Es war höchste Zeit ein Lebenszeichen von mir zu geben. Schließlich waren es meine ehemaligen Wohnungsgeber gewohnt, andauernd von mir etwas zu hören. Ich wollte sie nicht länger im Unklaren lassen und schrieb deshalb eine SMS:

„Hier gibt es kein Klo und keinen Fernseher. Minibar habe ich auch keine gesehen. Danke Alter, such mir jetzt nen Job."

P.S. Phillis Kreditkarte geht schon wieder nicht.

Die Antwort folgte umgehend: Penner .-)

Kapitel 8: Comeback

So, jetzt war ich wieder auf den Boden der Tatsachen angekommen. Wie doof konnte man eigentlich sein, und das gesamte Geld hemmungslos aus dem Fenster zu schmeißen? Ich hatte einen Haufen Kohle, eine Wohnung in Spanien, war ledig und kinderlos. Ich hätte nur ein wenig sparsamer leben müssen. Dann hätten mich, die gesamten spießigen Vollidioten hier, gepflegt für den Rest meines Lebens am Arsch lecken können! Aber wer konnte denn schon ahnen, dass die komplette Fußball WM 2002 so aus dem Ruder läuft. Es gab genau drei Möglichkeiten:

-Ich verbrenne alle mein Fanschals.

-Ich werde Fan von Österreich.

-Oder ich hänge mich am nächsten Baum auf!

Punkt zwei hatte ich sofort wieder verworfen!

Nach meinen Erfahrungen beim letzten Arbeitsamt Besuch, wollte ich mein ohnehin schwaches Nervenkostüm schonen und versuchte auf einen anderen Weg einen neuen Job zu finden. Denn trotz aller Bemühungen konnte ich das Geld für einen Strick nicht aufbringen.

Die Anzeigenverkäuferin versuchte mich noch zu überreden, aber ich bestand auf die Veröffentlichung folgender Anzeige:

Ehemaliger Börsenprofi und

Trainer des Jahres sucht

Stelle als Buchhalterin, egal wo.

Hauptsache ich werde wieder reich!

Es meldeten sich tatsächlich einige Firmen, die Sinn für Humor hatten. So konnte ich es mir aussuchen in welchem Laden ich meinen Neuanfang starten wollte. In der engeren Wahl war ein Betrieb, mitten in der Innenstadt, der eigentlich einen guten Eindruck machte. Er hatte nur einen Nachteil. Entweder müsste ich morgens und abends mit der S-Bahn fahren, oder mich auf stundenlange Parkplatzsuche einstellen. Ich war zwar ganz unten angekommen, aber soweit, um mit öffentlichen Verkehrsmitteln fahren zu müssen dann doch nicht. Blieb nur noch die eigentliche zweite Wahl. Eine mittelständische Firma in unmittelbarer Nähe meines Wohnortes. Beim ersten Treffen inspektierte ich deshalb erst mal die Parkplätze. Die Anzahl, Anordnung und Platz fand ich für ausreichend. Denn es gab nichts schlimmeres, nur deshalb pünktlich erscheinen zu müssen, nur um einen geeigneten Platz zu finden. Dieses Problem konnten sie zu meiner Zufriedenheit lösen. Jetzt bräuchte ich nur noch diesen Job um mir ein Auto kaufen zu können.

Am Empfang wartete eine ältere Dame, die mich so musterte, als ob ich ihr gerade das Pausenbrot geklaut hätte. Es lag vielleicht daran, dass ich noch einen Kaugummi im Mund hatte, um die Knoblauchfahne zu beschönigen, oder doch am bestialischen Geruch meiner Turnschuhe. Der Termin war um 16.00 Uhr ausgemacht, ich war bereits um 15.15 Uhr anwesend. Auf gar keinen Fall sollte man unpünktlich kommen, meinte Thomas noch im vorherigen Briefing. Ich bekam den Job, aber auch nur weil keine Gegenbewerbung vorlag und die Zeit bei denen eilte. Sie hatten sich von Ihrer vorherigen Buchhalterin getrennt, weil sie immer zu spät erschien und sich einen verherrenden Buchungsfehler leistete. Da sind die bei mir an der genau richtigen Adresse, dachte ich.

Mein neuer Chef war eine Mischung aus einem Fünf-Sterne-General und einem schlecht gelaunten Gefängniswärter. Man überlegte sich zweimal, ob man ihn blöd anreden sollte. Egal was ich auch machte, der alte Panzer-Nazi hatte mich eh auf dem Schirm. Die Tage, an denen er mich behandelte wie der Verteidigungsminister einen ZIVI im Krankenhaus, häuften sich nun zunehmend. Die eine Hälfte meiner Kollegen mochten ihn nicht, die anderen hassten ihn. Dazu gehörte ich! Nur eine, schon in die Jahre gekommene Dame vergötterte ihn abgöttisch und das wusste der alte ZIVI-Hasser genau. So machte er seine Spiele mit ihr. An einem heißen Sommertag gelüstete es ihm nach einem Ferrero-Rocher, und schickte den verliebten Backfisch deshalb los, um eines zu besorgen. Nach drei Stunden kam sie völlig fertig und den Tränen nahe wieder in das Büro, und beichtete das sie keine bekommen hätte.

„Ja wie denn auch! Halb Deutschland weiß das Sommerpause ist", bog er sich vor lachen, angelehnt am Türrahmen.

Aber natürlich wurden nicht nur die Mitarbeiter terrorisiert, sondern es wurde auch gearbeitet. Trotz allen Spaßes musste am Ende des Monats ein stattlicher Gewinn stehen bleiben. War dies nicht der Fall, bekam der Buchhalter sein Fett ab. Nach einem äußerst überschaubaren Gewinn beim Quartalsabschluss, war seine Laune genau wie die Zahlen. Er stürmte an meinen Schreibtisch und fegte mich an:

„Die OHHH 2 Rechnung", wo ist die?

„Die was?" fragte ich freundlich.

„Ja, die OHHH 2 Rechnung, die ich Ihnen gestern gegeben habe", schnauzte er erzürnt!!

„Kenne ich nicht, hab ich nicht!"

„Wir haben die schlechteste Buchhaltung auf der ganzen Nordhalbkugel, ach was sage ich, auf der ganzen Welt mit Australien dazu", schrie er mich wirklich sauer an.

Langsam dämmerte es mir, was der alte Schreihals denn überhaupt von mir wollte. Hatte er mir nicht gestern eine Handyrechnung auf dem Tisch gepfeffert, wie einem Hund, einen alten abgelutschten Knochen?

AH, sie meinen die **OHHH 2** Rechnung, die liegt in dem **OHHH 2** Ordner, den ich gestern noch angelegt habe. Dieser ist genau neben dem OMPF-Ordner in ihrem Schrank.

„Dem was Ordner?" schaute er mich entgeistert an.

„OMPF !!!!!"

Langes Schweigen bei meinem Gesprächspartner!

Das heißt **OMV!!**

Es war kurz vor zwölf und die Zeit drängte, da ich noch einen dringenden Termin bei meinem Buchmacher hatte. So entschloss ich mich, dem lustigen Treiben ein Ende zu setzen.

Die Rechnung von O2 habe ich gestern reklamiert und danach in den Shredder gejagt. Das mit dem prüfen fand er gut, das mit den vernichten wichtiger Unterlagen weniger, und so fand ich mich wenig später in seinem Besprechungszimmer wieder. Den Termin beim Buchmacher konnte ich natürlich vergessen und somit fand das U 16 Länderspiel der Damen ohne meinen Wetteinsatz statt.

So ging es nicht weiter! Einen Vollpsycho als Chef der mir selbst meine lukrativen Nebenverdienste nicht gönnte und ein Kollege der gerade dabei war sein fünftes Kind mit der vierten Frau zu zeugen. Also ich war nicht mit dabei, aber er erzählte es jeden der es hören wollte. Ich wollte nicht, bekam es aber trotzdem mit, und ihm war es egal was Gott und die Welt von ihm hielt.

„Wo Platz für vier Kinder ist, ist auch Platz für das Fünfte", frohlockte er beim Anblick des Ultraschallfotos. Dabei vergaß er, dass er bereits jetzt ein Fall von Hartz 4 war. Denn seine vier vorigen Frauen pfändeten ihn bereits das letzte Hemd.

So ein Schicksal musste mir erspart bleiben, flehte ich Richtung Himmel. Es müsste doch eine Möglichkeit geben, um schnell wieder an Geld zu kommen. Ich war Buchhalter in einer Mineralölfirma, und so weit weg von meinem früheren Leben, wie Schalke 04 von der Meisterschaft. So sehr ich mich auch anstrengte, mir fiel nichts ein um auf legalen Weg schnell wieder an Geld zu kommen. In dieser Haifischbranche versuchte zwar jeder dem anderen zu schaden, indem man sich gegenseitig seine fähigsten Mitarbeiter abwarb, aber mich wollte irgendwie niemand haben. Aber wenn nicht mich, vielleicht dann das, was ich habe, dachte ich mir. Wie war es denn bei Dallas und Denver? Da wurde nur so geschmiert, um an wichtige Daten und Informationen zu kommen!

Da saß ich nun in einer heruntergekommen Hinterhof Kneipe. Zwar nicht mit Cowboystiefeln und Texas Hut, aber meine Sonnenbrille und das BVB-Cappi tief ins Gesicht gezogen, sahen nicht weniger cool aus. Ich wartete auf den Erzfeind meines Chefs. Was sollte ich denn verlangen für die vertraulichen Informationen? Hatte es sich wirklich gelohnt die Bilanzen der letzen fünf Jahre schon mal zu kopieren? Was würde J.R. jetzt in dieser Situation machen? Würden hunderttausend Euro für den Neuanfang reichen? Oder lieber doch ein wenig mehr, um mir einen guten Anwalt leisten zu können, wenn das hier alles auffliegt?

Das Gespräch kreiste sich ewig um irgendwelche Nebensachen, und ich fing an, ein wenig die Geduld zu verlieren. Jetzt hatte dieser Kasper genau den Mann direkt vor seinen Augen, der ihm alles besorgen könnte, und er wollte einfach nicht auf den Punkt kommen. Auch nach weiteren zwei Stunden sinnlosem Gequatsche war ein besseres Leben nicht in Sicht. Wir verabschiedeten uns, und er gab mir das Versprechen, sich mal umhören zu wollen, ob nicht irgendwer einen Buchhalter bräuchte. Dieser Weg war grandios gescheitert und so machte ich mich zum Altpapier, um fachgerecht sämtliche Unterlagen zu entsorgen.

Eigentlich ging es mir gar nicht so schlecht. Ich hatte einen Job und eine Wohnung. Ich war schon mal weiter unten. Nur diese Langeweile störte mich doch enorm. Thomas war mit seiner Familie beschäftigt und Phili mit diversen Liebschaften. Ich war nach wie vor überzeugter Single. Mir würde auf gar keinen Fall eine Frau ins Haus kommen. Das Risiko, dass sie irgendwann mal schwanger sein könnte, war mir einfach zu hoch. Die Wochenenden waren besonders brutal. Ich freute mich sogar wieder auf den Wochenstart, nur um wieder unter Menschen sein zu können.

Kapitel 9: Paulina

…. „ hol Dir halt nen Hund, wenn es Dir wirklich so langweilig ist", stand auf der Internetseite „Selbsthilfegruppe, für diejenigen, die keinen haben."

„Ja geile Idee, was soll ich mit einem Köter", dachte ich mir und schloss diese bekloppte Seite wieder. Ein Hund hätte mir gerade noch gefehlt, dann doch lieber eine Frau. Nach längerem überlegen fand ich den Gedanken dann doch gar nicht mehr so blöd. Mit einem Hund könnte man reden wann man wollte, man müsste an die frische Luft, und wenn er zickt, dann bindet man ihn einfach an die Heizung. Besonders beim letzten Punkt hatte er klare Vorteile gegenüber einer Frau.

Wenn dann käme aber höchstens ein reinrassiger Edelhund in Frage, und nicht irgendein gestrandetes Exemplar aus dem Tierheim. Sämtliche Internetseiten mit Züchtern hatte ich tagelang durchforstet, aber nichts gefunden. Schließlich brachte mich eine mitgebrachte Zeitungsanzeige von meiner Kollegin auf die entscheidende Idee.

„Wirklich süße Bobtail Welpen abzugeben,

Preis VB".

„Was sind denn Bobtails", fragte ich sie entgeistert?

„Das sind diese Zottelhunde, die nix sehen."

Ein Hund der nichts sieht, praktisch dachte ich mir. Bräuchte ich wenigstens nicht aufräumen, wieder ein Vorteil gegenüber einer Frau. Der Züchter und ich verabredeten uns für den nächsten Tag, und ich war wirklich auf meinen Familienzuwachs gespannt.

Es war ein schöner, warmer Sommertag. Ich saß auf einer Terrasse, mitten im oberbayerischen Voralpenland. Die Züchterin schwafelte die ganze Zeit irgendwas von P-Wurf, und das die Eltern preisgekrönte Weltmeister wären. Mir dagegen war es scheißegal, was die Eltern waren, ich wollte endlich meinen Hund sehen. Sie hatte noch drei Welpen im Angebot, die noch nicht verkauft worden waren. Zwei männliche und ein weibliches Tier wurden mir nach der Reihe vorgestellt. Die Hunde lebten in einem Zwinger, und es war wohl oberstes Gebot, dass die Tiere ihr zugewiesenes Gebiet nicht verlassen durften. Das Haus war absolut tabu. Nur eine Hündin hielt sich um´s verrecken nicht an diese Abmachung, und lief immer wieder in das Haus der Herrschaften.

„Die nehme ich, die schert sich einen Dreck darüber was man ihr sagt, und macht was sie will. Das finde ich geil", rief ich entzückt der Züchterin hinterher. Sie war gerade damit beschäftigt, das kleine Wollknoll wieder aus dem Haus zu tragen.

„Ja das ist unsere Paulina!"

„Cooler Name, aber warum gerade Paulina?"

„P-Wurf, müssen alle mit diesem Buchstaben anfangen, sagte ich aber bereits."

AHA, dachte ich mir, ziemlich weit hinten im Alphabet. Da müsste man doch was mit dem Preis machen können, rechnete ich mir aus. Das war aber leider eine Fehleinschätzung. Diese alte Hundehelerin, wollte doch tatsächlich 1.200 Euro von mir haben. Ich rechnete mir die Lebenserwartung aus, und kam auf eine monatliche Neubelastung von knapp acht Euro. Das wäre noch akzeptabel, dachte ich mir.

Beim unterschreiben des Kaufvertrages kam eine weitere Gemeinsamkeit an das Tageslicht. Nicht nur, dass wir den selben stark behaarten Schwanz hatten, wir waren auch am selben Tag geboren.

17. Mai 2003

Paulina: Hündin

So stand es in dem gelben Impfpass, den mir die Züchterin ausgehändigt hatte.

Nach einer zweistündigen Autofahrt war ihre erste Amtshandlung in das Wohnzimmer zu pinkeln. Es war ja nicht so, dass ich nach unserer Ankunft erst mal eine halbe Stunde Gassi gegangen bin. Aber in der Zeit war alles andere interessanter, als mal kurz das Bein zu heben. Für die Erziehung hatte ich mir einen Schlachtplan zurechtgelegt, der mit äußerster Konsequenz auch eingehalten werden musste.

So waren Couch und Bett absolut tabu. Am ersten Morgen erwachte ich durch eine Hundezunge im Gesicht.

„Wenn ich mal wieder ne Frau hab, musst aber verschwinden", war meine „Guten Morgen" Begrüßung.

Der Punkt mit dem Bett war durchaus verhandelbar, entschuldigte ich mein lasches Verhalten. Das mit der Couch zog ich drei Tage komplett durch.

Dieses kleine Viech machte mit mir was es wollte. Aber ich fand es cool, endlich wieder leben in der Bude. Selbst wenn um Mitternacht ihr Spieltrieb entfachte, wurde ich nicht genervt oder böse. So cool es auch war, so einen frechen Hund zu haben, auf die Erlernung der Grundübungen bestand ich weiterhin. Nach zwei Wochen gab ich entkräftet auf. Bei „Platz" lief sie weg und bei „Sitz" spielte sie mit dem Nachbar Schäferhund. Ich brauchte professionelle Hilfe. Ein Aushang bei meinem Tierarzt versprach dieses.

Hundeschule Niederhofer!

Welpenkurse!!

Laufender Einstieg jederzeit möglich.

„So, jetzt geht es dir an den Kragen kleiner Bastard", hauchte ich ihr ins Ohr und knuttelte dabei herzhaft ihr kuscheliges Baby Fell.

Am darauffolgenden Samstag war dann auch der erste Schultag für meinen kleinen Scheißer. Die Schultüte hatte sie bereits, wie mehrere Schuhe von mir auch, zerstückelt. Es waren ungefähr acht oder neun Kursteilnehmer nebst ihren Hunden. Jeder war damit beschäftigt, seinen Schützling von dem des anderen zu trennen. Nach zehn Wochen professioneller Unterstützung konnte sie zwar alle Grundkenntnisse, trotzdem hielt die Trainerin es für besser, den Kurs noch einmal zu wiederholen. Es war das erste Mal in der Geschichte dieser Hundeschule, dass ein Schützling das Klassenziel nicht erreicht hatte.

Kapitel 10: Mausebär

Aus meinem anfänglichen kleinen Wollbomber wurde zwischenzeitlich eine ausgewachsene Prachthündin. Hätte sie in der Schule besser aufgepasst, wären durchaus Chancen da gewesen in die Fußstapfen der Eltern zu treten und sämtliche Titel einzufahren. Mittlerweile war der Bedarf an Chappi und Pal so hoch, das ich mir einen Nebenjob suchen musste. Da bot es sich an, dass ein guter Bekannter jemanden suchte, der seine Buchhaltung wieder auf Vordermann bringen würde. Es war eine Steuerprüfung angesetzt, und er hatte tierisch schiss, dass er einfahren müsste.

Beim ersten Durchsichten der Unterlagen wollte ich wieder alles hinschmeißen. Sämtliche Belege waren in Schuhkartons oder wild auf dem Boden verteilt. Lieber den Hund auf Diät setzen, als mir diesen Scheiß antun, dachte ich mir. Der einzigste Grund, dass ich ihn nicht hängen ließ war seine Sekretärin. Schon am ersten Arbeitstag fiel sie mir auf, und fragte deshalb meinen Kumpel wer dies denn sei.

„Die ist geil, gäh, aber sag meiner Frau nichts. Die weiß nichts davon und denkt immer noch meine Mitarbeiterin sei dick und hässlich."

„Ja der Hammer, echt ein lecka Mädschen!"

Wir machten einen Deal. Ich versprach seine Unterlagen wieder so hinzubiegen, dass er nicht gleich mit zwei Jahren auf Bewährung rechnen musste, und ich würde im Gegenzug genau den Arbeitsplatz bei ihr bekommen. Diese anfangs geniale Idee stellte sich früh als kompletter Denkfehler heraus. Ich hatte ja sowieso meine bekannten Konzentrationsprobleme beim arbeiten, aber bei so einer klasse Frau waren verherrende Buchungsfehler vorprogrammiert. Vor lauter Schuhkartons und verstaubter Ordner konnte ich das Objekt meiner Begierde nur teilweise beobachten. Sie sah so wunderschön aus. Diese braunen Glutaugen und die schwarzen Haare, die so gelockt waren wie bei meinen Hund kurz nach dem baden. Ich musste sie die ganze Zeit angestarrt haben, wie ein Kannibale beim Anblick von Frischfleisch, denn nach kurzer Zeit fragte sich mich ob alles klar bei mir sei.

„Ja klar, danke der Nachfrage, hab gestern nur scharf gegessen". Nur so konnte ich den Speichelausfluss erklären.

„Muss aber ziemlich scharf gewesen sein!"

„Indisch!"

So, das erste Eis war gebrochen, ich war im Spiel. Hatte doch nichts verlernt wie man eine Frau klar macht. In den darauf folgenden Tagen hatte ich ein atemberaubendes Arbeitstempo, denn ich wollte einfach mehr von ihr sehen und deshalb mussten die Ordner aus meinem Blickfeld verschwinden. Wie konnte ich bei dieser Frau landen? Auf was stehen Frauen? Gutaussehende Männer mit Geld, schönen Autos und klasse Wohnungen waren immer angesagt. Ich hatte wenigstens Humor.

„Achtung Achtung, der schönste Mann im Raum bitte mal an sein Handy", erschallte es durch die Büroräume.

„Mein neuer Klingelton", versuchte ich das komische Geräusch zu erklären.

„AHA!!??"

Ich drückte das Telefonat weg, mit meiner Mutter zu reden hätte noch Zeit, dachte ich mir. Ich nahm allen Mut zusammen und fragte, ob sie nicht mal Lust hätte mit mir essen zu gehen.

„Wohin denn?" fragte sie erfreut.

„Wie wäre es mit Indisch?"

„Damit wir beide morgen sabbern, ne lass mal lieber, aber wir könnten mal ein Workout machen", schlug sie vor.

„Geht nicht, ich sauf nicht mehr."

„Hä, was hat denn das damit zu tun", fragte sich mich, so als ob ich nicht dicht wäre?

Hatte ich früher einen Workout betrieben, so bedeutete dies, dass ich mich nach der Arbeit mit meinen Kollegen zum Feiern getroffen hatte. In meiner Abwesenheit hatten sie nicht nur ein neues Fußballstadion gebaut, sondern auch sämtliche Begriffe neu erfunden.

„Sport??" fuhr ich erschrocken auf, als man mir die neue Bedeutung erklärte.

Da dies aber die einzigste Chance war, um meine Traumfrau näher kennenzulernen, spielte ich völlige Begeisterung vor.

Mein Auto war nachwievor noch beim KFZ-Händler und so holte sie mich am darauffolgenden Abend ab. Wie der Postbote, Gerichtsvollzieher und sämtliche anderen Leute, wurde auch meine Kollegin sehr stürmisch von meinen Hund begrüßt.

„Ja wer bist Du denn, Du bist aber ein lieber und was hast Du für einen kuschligen Schwanz, wie heißt der denn?"

„Big Ben!"

„Dein Hund heißt Big Ben??"

„Ne warum, die heißt Paulina", ich war wohl etwas von ihrem Anblick abgelenkt.

„Und wer ist Big Ben?"

„Das erzähle ich Dir später mal", grinste ich sie an.

„Arsch", und sie gab mir ein Begrüßungsküsschen auf die Backe.

Meine sportlichen Leistungen waren leider nicht so, dass ich sie damit sonderlich beeindrucken konnte und somit musste Plan B aus der Tasche gezogen werden. Mit was gewinnt man ein Frauenherz? Mit kleinen Kindern und mit Tieren. Ersteres hatte ich Gott sei Dank nicht, aber wer schaffte es bei jedem Gerichtsvollzieher noch Zahlungsaufschub zu

erlangen? Mein Hund! Ich musste mein letztes Ass
ausspielen und so lud ich sie zu einem gemeinsamen
Sparziergang ein. Was soll ich sagen, es funktionierte. Nach
der ersten Parkbank gingen wir händchenhaltend, am Kiosk
gaben wir uns den ersten Kuss und am Parkplatz wollte sie
Big Ben kennenlernen.

Wir verbrachten nun die meiste Zeit zusammen, nur wenn
sie bei ihrem Workout war, blieb ich lieber zu Hause. Ich war
seit langem wieder rundum glücklich und deshalb stieß sie
bei mir auch auf offene Türen, als sie mich fragte, ob wir
zusammenziehen sollten. Sie wohnte in einem *Apartment*
mitten in der Stadt, ich in einer Drei-Zimmer- Wohnung auf
dem Land. Alle Versuche sie von den Vorzügen meiner
Wohnung zu überzeugen scheiterten. Erst als ich alle
Forderungen erfüllte, konnte sie sich ein Leben in meiner
Wohnung vorstellen. Das war wie nach dem Ende des ersten
Weltkrieges, die bedingungslose Kapitulation. Alles was mir
wichtig war, und ich auch schön fand, landete auf dem
Sperrmüll. Nur meine überdimensionale Spanien-Fahne
durfte ich behalten. Innerhalb eines Monats war diese
Wohnung eingerichtet wie eine richtige Bleibe, und ich fand
es herrlich!

Kapitel 11: Lena

„Magst Du eigentlich Kinder", schallte es aus dem Badezimmer.

„Ja klar, am liebsten gedünstet mit einer kleinen Zitrone im Mund", schrie ich zurück.

An einem Sonntag wollte ich über solche Fragen keine Auskunft geben. Ich lag auf der Couch und sah mir Lindenstraße an. Beim Vorspann stand meine Freundin auf einmal vor mir und wedelte mit einem Plastikteil in ihrer Hand.

„Süße, geh bitte aus dem Bild, und was ist das in Deiner Hand", fragte ich leicht genervt. Sie wusste, Helga Beimer war gesetzt.

„Das mein Schatz, ist ein neues Sexspielzeug."

„Cool, aber warte bitte bis 19.10 Uhr, dann können wir gerne."

„Um 19.10 Uhr kannst Du mich mal, und um 19.15 Uhr bin ich alleinerziehende Mutter!"

So schnell hatte ich meinen Finger noch nie an der Fernbedienung und knipste Tanja Schildknecht weg.

„Bitte, was bist Du, du kannst gar nicht schwa... sein."

Ich konnte dieses Wort nicht aussprechen, ein Beamter machte ja auch freiwillig keine Überstunden, das war das gleiche. Auf dem Röhrchen stand es schwarz auf weiß: positiv. Was war daran positiv, dachte ich mir. Wir müssen zum Arzt das abklären lassen. „Komm zieh Dich an wir fahren gleich los", rief ich ihr in aller Hektik hinterher.

„Es ist Sonntag, da hat kein Arzt auf, Depp."

„Mir egal, Krankenhaus, Notarzt. Von mir aus auch ein Hubschrauber, ich muss Klarheit haben."

Trotz aller Bemühungen wollte kein Heli bei uns im Vorgarten landen, und so musste ich mich bis Montag gedulden.

Der Frauenarzt ihres Vertrauens war ein korpulenter älterer Herr in den besten Jahren. Er kam ursprünglich aus einer Gegend, die selbst hartgenossene Schwaben nicht verstanden. Die ersten Befürchtungen bestätigten sich. Sechste Woche!! Mir flog die Kinnlade Richtung Neuseeland. Wie konnte das passieren, ich hatte sämtliche Sicherheitsvorkehrungen sorgfältigst eingehalten, und jetzt das. Ihre Freude hielt sich auch in Grenzen, wir kannten uns gerade mal ein paar Monate und wollten eigentlich noch ein wenig zusammen die Sau raus lassen.

Die Wochen und Monate zogen in´s Land und ich wartete vergebens auf hormonelle Entgleisungen seitens meiner Freundin. Sie kamen einfach nicht, es war so wie immer. Wir verstanden uns bestens und alles war gut. Dieser schwäbische Quacksalber musste sich getäuscht haben, und der Bauch kam bestimmt von diversen griechischen

Abendessen. Bei diesen Gedanken wurde ich ein wenig traurig. Ich hatte mich irgendwie schon auf schlaflose Nächte und pausenloses Geplärre gefreut.

Eines Morgens wachte ich auf und sah in ein Gesicht, das hatte ich in den vorherigen Monaten bei ihr noch nie gesehen. Ich begrüßte sie mit einen netten guten Morgen Kuss, dann fuhr sie mich an:

„Du bist das allergrößte Arschloch, was ich je gesehen habe."

Um Gottes Willen, was könnte ich denn gemacht haben, dachte ich mir. Es müsste in Anbetracht der harten Worte etwas wirklich Schlimmes gewesen sein. Ich nahm ihre Hand und fragte sie ganz vorsichtig, was denn passiert sei.

„Du warst mit Deinem Fuß letzte Nacht unter meiner Bettdecke!"

Ich sprang auf und schrie durch die Wohnung voller Freude:

„Ich werde PAPA, scheiße ist das geil!"

Eine Woche danach war wieder ein Kontrolltermin beim Frauenarzt angesagt, als guter Vater ging ich natürlich mit. Nach den üblichen Untersuchungen fragte uns der schwäbische Kurpfuscher, ob wir wissen wollten, was es denn wird. Meine Freundin wollte es auf gar keinen Fall erfahren. Ich dagegen brannte darauf und fragte den Arzt deshalb heimlich, was es denn werden würde.

„a Schlitzbronza" antwortete er mir höflich!

Was um Himmels Willen war denn das, dachte ich mir. Ich hatte einen „Schlitzbronza" gezeugt. Ich malte mir schon in Gedanken aus, wie es beim ersten Schultag sein würde, wenn die Lehrerin die Klasse vorstellt.

„Hallo ich begrüße acht Mädchen, elf Jungen und einen Schlitzbronza".

An einer roten Ampel zog ich meine Handy und googelte nach dem komischen Wort.

„Schlitzbrona" ist ein umgangssprachliches schwäbisches Wort für Mädchen, hieß es dort.

Ein Mädchen, mein Mädchen, meine Tochter dachte ich, und strich mir eine Träne aus dem Gesicht.

„Ich weiß was es wird, und für ein Bussi verrate ich es Dir auch, hauchte ich in Richtung Beifahrersitz.

„Wenn Du es mir sagst, war der „ guten Morgen Kuss" der letzte, den Du von mir bekommen hast".

Mitte April 2005 erschien die legendäre Schlagzeile in der Bild: Wir sind Papst.

Gut wir waren Papst, aber ich war noch kein Vater. Ein paar Tage später änderte sich das. Jetzt war ich nicht nur Papst, sondern auch Papa!

Kapitel 12: Das große Wiedersehen

Vor lauter Windelwechseln und anrühren von diversen Babybreien, kam ich zu gar nichts mehr. Es war der Hammer, wie der kleine Wurm unser Leben veränderte. Zwischen Fläschchen geben und Mittagsschläfchen musste alles Dringende erledigt werden, denn wurde sie wieder wach, forderte sie das komplette Spaß-Programm. Sobald sie eingeschlafen war, hechtete ich an den Rechner um meine Mails zu checken. Eines schönen Tages waren nicht nur Spams in meinem Postfach, sondern eine Nachricht die mich wirklich freute.

Hallo Leute,

es ist jetzt schon lange her, dass wir zusammen den Börsenmarkt aufgemischt haben, und ich würde Euch gerne mal wiedersehen. Wer Lust und Zeit hat, ich habe für nächsten Montag einen Tisch in unserem Stammlokal reserviert.

Euer Erwin!

Der Erwin, der alte Börsenpfuscher, ist ja krass, dachte ich mir. Ich hatte zwar überhaupt keine Zeit, aber um meine alten Kollegen mal wieder zu sehen, musste ich mich irgendwie freischaufeln. Was aus denen wohl geworden war? Die einen kommen sicherlich nicht, ein Flug aus der Südsee würde sich nicht lohnen. Die anderen hatten bestimmt keine Zeit sich mit der popeligen Vergangenheit zu beschäftigen, da war ich mir ziemlich sicher. Was könnte ich erzählen? Meine Erlebnisse in Spanien, mein Aufenthalt im Knast, oder war mein Alkohol-Problem das interessanteste? Ich hatte echt schiss, als kompletter Versager in Mitten der ganzen Millionäre meinen Senf zum Besten zu geben.

Auf dem Parkplatz des Lokals waren keine Autos der Sonderklasse. Es war kein einzigster BMW, Mercedes oder Audi zu sehen, und ich dachte mir, dass ich recht hatte. Die haben keinen Bock und keine Zeit, die müssen die Börse in New York beobachten um noch ein oder zwei Milliönchen für den nächsten Urlaub zu sammeln, fluchte ich leise und ging in das Lokal. Meinen Opel Corsa hatte ich vorsichtshalber noch weiter weggeparkt.

„Ey alter Torschützenkönig", schallte es mir entgegen. Ich sah alle meine alten, lieben Kollegen. Die ich damals als nicht so lieb erachtete, waren auch da.

„Ja geil, ihr seit ja doch alle da, habe Eure Autos gar nicht gesehen", schrie ich aufgeregt.

„Warum, stehen doch alle auf den Parkplatz, aber der hellste warst ja noch nie."

„Da steht nur ein Golf, ein Seat und sonstige beschissene Kleinwagen".

„Ja klar, sagte ich doch, unsere Autos", erklärte mir der ehemalige Kollege, der damals in den Mülleimer gekotzt hatte.

Wir nahmen uns alle in die Arme, diejenigen die noch einen Groll gegen mich hatten, gab ich freundlich die Hand.

„Jetzt sagt mal, seit ihr alle mit den Autos eurer Frauen da oder sind die alle bei der Inspektion", fragte ich leicht verwundert.

„Fußballgott, nochmal! Wir haben keine anderen, das sind unsere!"

Meine Vermutung, dass meine ehemaligen Kollegen alle reiche Säcke geworden waren, stellte sich als komplett falsch heraus. Sie fuhren, genauso wie ich, Autos der ärmeren Kategorie.

Bei der Frage was denn aus unserer Firma geworden sei, fiel ich beinahe in das Dekoltee meiner Erzfeindin. Die Firma, der ich meinen damaligen Reichtum zu verdanken hatte, war fast pleite. Alle Anwesenden wurden vor kurzem gekündigt und lebten nun von der Stütze. Mein damaliger Boss hatte keine andere Wahl, die Umsätze gingen ins bodenlose und der Aktiencrash tat sein übriges.

„Kein Mensch kauft mehr Aktien, die Deppen legen alles unter das Kopfkissen", schimpfte unser Chefredakteur unter einer dicken Zigarrenwolke.

„Was ist mit euren Gewinnen geworden", fragte ich immer noch total geschockt.

„Alles verzockt, aber geil wars!!"

Das kannte ich von irgendwo her.

Das alleine waren schon erschütternde Nachrichten, aber es kam noch schlimmer. Mein ehemaliger Tischnachbar saß im Knast. Er vergaß bei seiner Steuererklärung die Gewinne anzugeben. Da er anscheinend schon öfters mal was vergessen hatte, bekam er zwei Jahre ohne Bewährung. Komisch, dass ich ihn damals nicht gesehen hatte, dachte ich mir.

„Aber unserem Boss geht es doch noch gut, der hat doch bestimmt noch ein Vermögen wie klein Bill Gates, oder?"

„Der war gestern beim Amt und hat sich das Formular für die Privatinsolvenz geholt", sagte mir seine Sekretärin, die mich immer noch abgrundtief hasste. Das von mir getätigte Outing ihres Lieblingsschwulen konnte sie mir bis heute nicht verzeihen.

„Wisst Ihr noch wie ich den Ball beim Elfmeter reingesemmelt habe", versuchte ich die Stimmung aufzuheitern.

„Ich war so voll, dass ich dem Gegner auf´s Trikot gekotzt habe!" Jetzt fingen alle wieder an zu lachen. Wenn es was gäbe, um gute Laune zu bekommen, dann meine ehemaligen Sauf- Geschichten.

Ich hatte mit meinen paar Monaten Knast echt noch Glück. Hätte mir damals niemand geholfen, ich würde wahrscheinlich immer noch in der Gosse liegen. Mein ehemaliger Boss tat mir leid. Gut, wir hatten so unsere Differenzen, aber im Großen und Ganzen war er völlig in Ordnung. Er ließ mich damals schnell aus meinen Vertrag, um nach Spanien zu können. Wer mir mal half, den helfe ich jetzt auch, dachte ich mir. Ich besorgte mir seine neue Handynummer und rief ihn am nächsten Tag an.

Es war wie früher, als ich mit ihm telefonierte. Ich hörte seine Stimme und wollte eigentlich gleich wieder auflegen, so angekotzt war ich. Im Laufe des Gespräches wurde es aber immer trauriger, und so bat ich ihn um einen Termin. Wir verabredeten uns für nächsten Samstag in den Büroräumen.

Ich ging die Treppen hoch und erinnerte mich an die schöne Zeit, die ich hier verbrachte. Meine Raucherecke war nachwievor so gelb wie früher. An der Tür wartete schon mein ehemaliger Vorgesetzter auf mich und bat mich rein. Ich sah mich um und mir kamen fast die Tränen. Wo früher das Leben nur so sprudelte, war jetzt gähnende Leere. Alle Mitarbeiter waren zu Hause, fast alle Bürogegenstände waren verkauft und an denen die noch da waren klebte ein Pfandsiegel.

„Scheiße, da komme ich wohl zu spät" begrüßte ich ihn.

„Ja hier sind die Lichter ausgegangen, morgen unterschreibe ich den Antrag", antwortete er mit feuchten Augen. Das war sein Lebenswerk, das hier vor uns in Schutt und Asche lag. Auch ich musste mit den Tränen kämpfen und ging deshalb erst mal auf die Toilette. Ich musste schmunzeln, denn man konnte immer noch meine Liebeserklärung an unseren Homosexuellen lesen.

Nach ungefähr einer Stunde verabschiedete ich mich von ihm und fragte noch, was er jetzt denn machen wolle. Er würde wieder zu seiner Mutter nach Hamburg ziehen und dann mal weitersehen, antworte er. Da hatte ich wirklich Glück, ich musste nur in den Knast.

An der Tür gab er mir noch einen Umschlag mit der Aufschrift: „An den besten Torschützenkönig aller Zeiten". Ich machte ihn auf und traute meinen Augen nicht, es kamen sechshundert Euro zum Vorschein.

„Warum denn das?" Fragte ich ihn verwundert.

„Steht Ihnen noch zu. Sie hatten noch einen Urlaubsanspruch der noch nicht genommen wurde, aber Ihre Bilanzen waren scheiße," grinste er mich an.

„Vielen Dank, aber jetzt nerven Sie mich bitte nicht mehr" und umarmte ihn, wie einen alten Freund.

Kapitel 13. Der 30. Geburtstag

Ein weiteres Großereignis stand vor der Tür. Nach zweiunddreißig Jahren fand zum ersten mal wieder eine Fußball-Weltmeisterschaft in Deutschland statt. Das ganze Land fieberte mit, nur ich konnte mich nicht so auf die großartigen Spiele wie Schweden gegen Trinidad und Tobago freuen, denn mir lag etwas ganz anderes im Magen. Der dreißigste Geburtstag meiner Verlobten. Was schenkt man der Frau, die man über alles liebt? Das Update von Fußball-Manager 2006 fand ich zwar nicht schlecht, aber konnte eine Frau, die gerade weiß das elf Mann auf den Rasen stehen, damit was anfangen? Das Versprechen, nie wieder meine Socken im ganzen Haus zu verteilen, sondern nur noch in eine Ecke zu schmeißen, kam schon mal in die engere Wahl meiner Geschenke- Liste. Auch der Gedanke ihr was leckeres zu kochen erfreute mich. Pfannkuchen waren nach wie vor bei Ihr hoch im Kurs, und damit könnte ich bestimmt einen Treffer landen. Nur das letzte Mal, dass ich ein Ei aufgeschlagen hatte war im Hauswirtschaftunterricht in der fünften Klasse, und damals ging das schon nicht gut. Was aber auch verständlich war, denn in diesem Alter will ein Mann nicht brav am Herd stehen und einen auf Tim Mälzer machen.

Im Fernsehen lief die Wiederholung des Spieles Deutschland-Italien im Halbfinale und mir war klar, dass ich heute weder Pizza noch Spaghetti essen werde, vielleicht nie wieder. Nur so könnte man es diesen Italienischen-Mafiosis zeigen, dass es so nicht ginge. Als ich gerade auf dem Weg war, die Bilder von unserem letzten Italien-Urlaub zu holen, um alle Landschaftsfotos zu zerreißen, klingelte mein Handy. Es ist mir unbegreiflich, dass selbst nach der vierten Mahnung die Dinger noch Töne von sich geben. Ein völlig aufgelöster Thomas war am Ende der Leitung. Nur einzelne Wörter konnte ich durch sein Fluchen und Schimpfen halbwegs erkennen.

„ Diese arroganten, von Dummheit übersäten Drecksäcke!"

Dröhnte es aus meinem Mobiltelefon.

„Weißt, da liegt das ganze Land in Schutt und Asche, und die Vollkasper regen sich über so was auf!!!"

„Wer und was regt sich über wen auf", versuchte ich ihn zu beruhigen.

„Sag bloß, du hast es noch nicht mitbekommen, du Vollspasti" blökte er mich an, so als ob ich für den gesamten Mist verantwortlich wäre.

„Ne, hat Microsoft die X-Box aus dem Programm genommen und Du kannst nicht mehr zocken?" Fragte ich leicht genervt.

„Nein natürlich nicht, Du Pisser! Halb Deutschland regt sich über den Madonna-Auftritt gestern in Düsseldorf auf."

Warum, was war da schon wieder? Hat sie gerülpst oder sich an die Titten gelangt?" Fragte ich, immer noch nicht sichtlich interessiert.

„Ans Kreuz hat sie sich nageln lassen", schrie er, und alle regen sich auf!

„Auch nicht schlecht, hoffentlich wird sie zum nächsten Auftritt wieder abgehängt," heuchelte ich Interesse.

„ War mir schon klar, dass Dich das nicht interessiert. Du Vollnase! Aber was anderes, hast gestern noch das Pokalfinale gewonnen?"

Im Fernsehen sah man lachende Italiener und ich begann gerade den Schiefen-Turm in seine Einzelteil zu zerlegen. Da schoss es mir in den Kopf, wie die zehn Vodka bei der letzen Weihnachtsfeier.

Madonna, Skandal, dreißigster Geburtstag!

Hatte ich nicht vor zwei Jahren sämtliche Läden in München abgesucht, um noch die letzte CD von „Like a Virgin" irgendwo zu ergattern? Und jetzt das Original!! Hoffe nur, die holen sie noch rechtzeitig vom Kreuz. Natürlich wären Karten für das Münchner-Konzert ideal, aber aus Irgendeinen Grund wollte Madonna nicht in unserer schönen Landeshauptstadt spielen. Vielleicht hatte sie Angst, dass die CSU sie nach dem annageln, auch noch als Hexe verbrennen lassen würde. Bei anderen Städten hatte sie die Angst wohl nicht. Sie gab noch Konzerte in London, New York, Prag, Amsterdam und Wien. Im Schnelldurchgang ging ich die mir verbliebenen Städte durch.

Wien? Zu popelig, außerdem versteht man die Ösis nicht!

Prag? Im Ostblock wird man doch eh nur überfallen oder gerät an einen Organhändler. Innerhalb kürzester Zeit sind Nieren, Herz, Leber und Lunge auf allen Kontinenten verteilt.

London/New York: Zu teuer und zu weit weg!

Bleibt nur noch Amsterdam!!!

Draußen auf der Straße feierten die Italiener immer noch den Finaleinzug bei unserer WM. Am liebsten würde ich die gesammelten Pizza-Kartons der letzten Jahre in ihren getunten Cabrios entsorgen, aber dafür fehlte mir im Moment die Zeit. Eine glorreiche Idee für den Geburtstag hatte ich schon mal, fehlt nur noch die Finanzierung. Ein Blick auf den letzten Kontoauszug verriet mir, dass höchstens ein Madonna-Konzert in Erding in meinem Budget lag. Den Weg zur Bank konnte ich mir sparen, die würden mich nur auslachen und den Sicherheitsdienst rufen. Für einen Kreditthai am Hauptbahnhof war ich mental noch nicht so weit. Die einzigste Chance, um für meine Verlobte nicht kochen zu müssen, sah ich darin meinen Chef anzupumpen. Ich musste mich nur erinnern, für was ich ihn schon alles angeschnorrt hatte. Beerdigung der Großmutter, Tierarztrechnung, dringende Reparatur des Autos waren schon mal weg.

Wie ein kleines Sünderlein saß ich am anderen Ende des großen Besprechungstisches und hörte die mahnenden Worte meines Vorgesetzten.

„Mein lieber Herr Buchhalter, sie können doch nicht alles für Ihre Mutter bezahlen, wie ist das denn überhaupt passiert mit dem Schneidezahn?"

„Beim Skifahren ist sie gestürzt, und genau auf einen Felsbrocken gefallen", antwortete ich traurig.

„Was kostet denn so ein neuer Schneidezahn?"

„So tausend Euro, ich kenn da noch ein paar Polen aus meiner Spargelzeit!"

Im Reisebüro überkam mich dann doch ein schlechtes Gewissen. Vielleicht hätte ich nicht das Fünf-Sterne Hotel direkt an den Grachten nehmen sollen, oder mich nicht breitschlagen lassen, die anfallende Zahnreparatur doch in Deutschland machen zu lassen. Aber so erhielt ich eine Finanzspritze von zweitausend Euro mehr. Bei dem Gedanken, dass ich meinem Sponsor Original-Tulpen aus Amsterdam mitbringe, erhellte sich mein Gemüt wieder.

Das Madonna-Konzert war wirklich sehr gut! Und sie hatten es tatsächlich geschafft, die Queen of Pop noch rechtzeitig vom Kreuz zu holen. Hätte Jesus solche Mitarbeiter gehabt, ihm wär viel Ärger erspart geblieben.

Kapitel 14: Der Anfang vom Glück

Exakt 831 km sind es von Amsterdam nach München. Natürlich kommt auf dieser Strecke irgendwann das Gefühl der Langeweile auf. Besonders beim Beifahrer. Mitten auf der B1, der Hauptschlagader des Ruhrgebietes, war es dann auch soweit. Ich war gerade in Gedanken, zur welcher Gelegenheit ich den Haschlolly denn essen sollte. Vielleicht beim nächsten Pizza-Essen bei unserem Stamm-Italiener, oder doch an Weihnachten, wenn die Sisi-Filme kommen. Ich war mir selber noch nicht ganz sicher, da schallte es vom Beifahrersitz, das selbst der Motor meines alten Nissans nicht mehr zu hören war.

„Schatz, mir ist langweilig!"

„Ach Mausebär, schau dir doch die schöne Landschaft an. Guck links geht's nach Gelsenkirchen, rechts nach Duisburg und geradeaus nach Dortmund. Ist doch toll hier", versuchte ich sie zu ermuntern.

„Ja, ganz toll", sie konnte ihr Gähnen nicht ganz zurückhalten.

Nach weiteren Versuchen ihr das Ruhrgebiet etwas näher zu bringen, was mir aber nicht sonderlich gelang, erklang wiederum ein lautes Geräusch durch unsere alte Reissschüssel, aber diesmal von mir.

„Mein Gott bist Du schön!!!"

„Schatz, danke das hast Du lange nicht mehr gesagt!!"

„Nicht Du, unser Stadion!"

Wir waren direkt am Signal-Iduna Park in Dortmund und ich konnte die gelben Fluchtlichtmasten direkt vor meinen Augen sehen. Das war ein Gefühl als ob ich gerade mit Mainz 05 die Champions-League gewonnen hätte. So ein Glücksgefühl können anscheinend nur Männer haben, denn das Problem mit der Langeweile war nach wie vor da. Und was machen Frauen, wenn ihnen langweilig ist? Bestimmt nicht die eindrucksvolle Architektur des Ruhrgebietes bewundern, nein sie kommen auf Gedanken die Männer nie bekommen würden.

„Schatz??"

„Ja mein Mausebär!!"

„Wie lange sind wir schon zusammen?"

„So zwei Jahre können auch drei sein!"

„Und?"

„Was und? Schön war´s, natürlich!"

Langes Schweigen auf dem Beifahrersitz!

„Schau Schatz, links ist das Bergbaumuseum!"

„ OMBREEEE!!" Schallte es von rechts neben mir!

Bei dem Wort Ombre, ist Polen am brennen, was wiederum schade für meine polnischen Spargel Kollegen ist. Das bedeutet so viel, wie hol dir schon mal den Wohnungsmarkt aus der Zeitung! So langsam kam es mir auch, auf was sie hinauswollte. Und was lernt man als Langzeitarbeitsloser, bei den endlos vielen Fortbildungskursen: Angriff ist die beste Verteidigung! Ich nahm allen Mut zusammen und überlegte mir nebenbei, wo der Wohnungsteil der letzten Samstagausgabe lag, und antwortete ihr höflich.

„Schatz, du glaubst doch nicht allen ernstes, dass ich dir mitten im verkackten Ruhrgebiet einen Antrag mache, oder?"

„OK, dann wart ich bis Frankfurt", schallte es mir höflich entgegen!

„Aber ich hab Dir doch schon einen in Spanien gemacht, der gilt immer noch, ich will Dich doch heiraten. Aber ich frag doch nicht zweimal, und erst recht nicht hier bei den Kohleräubern." Anscheinend konnte sie sich an den Antrag noch erinnern. Denn unverzüglich wurde von der Rückbank ein Block geholt und mich gefragt, ob ich denn wirklich alle Verwandten von mir einladen möchte.

Kapitel 15: 17.11.2006

An diesem Tag erschien ein Artikel in der Süddeutschen mit der Überschrift: Lohnt es noch zu heiraten? Jetzt, nach knapp sechs Jahren kann ich sagen, ja es lohnt sich!

Auf dem Rathausplatz standen sie alle, alle die ich nicht mochte und alle die ich abgrundtief hasste. Aber ich musste ja jemanden einladen, sonst wäre von meiner Seite gar keiner da gewesen. Schon der erste Blick in die vollgefressenen Schwabenfressen verriet mir, dass sie nur gekommen waren um wirklich zu sehen, dass ich tatsächlich eine Frau gefunden hatte. Der andere Teil, um sich an dem Hochzeitsbuffet noch mehr Fettröllchen anzufressen, und im Gegenzug ihr lästiges Kleingeld loszuwerden. Du machst bei 40% Schwabenanteil an einer Hochzeitsgesellschaft keinen Gewinn, das ist ausgeschlossen!

So jetzt stand ich da, mit meiner kleinen Tochter in der Hand. Sie sah so aus, als würde Gott sie besonders lieben. Am liebsten würde ich jeden einzeln, in die Schwabenfresse treten. Ich machte selber mit mir aus, das eventuell bis nach dem Hochzeitstanz zu verschieben. Ganz hinten erkannte ich eine Tante, die ich besonders lieb hatte. Wenn ich sie nicht gesehen hätte, spätestens nach:

„Isch wa der Burli heiratet heidt".

Hätte ich sie erkannt! Auch sie bekam die Aufmerksamkeit die sie verdiente, und zwar eine abgelutschte Zigarettenkippe direkt vor ihre Füße. Die einzigsten die ich wirklich gerne sah waren meine Kumpels Tommi und Philli. Ich dankte Gott, dass beide ihre Versprechen nicht wahrgemacht hatten und doch eine Krawatte angezogen hatten. In der Kürze der Zeit konnte man auch nicht erwarten das der Altkleidercontainer schöne zu bieten hatte, und so sah ich über das Äffchen- und Giraffenmotiv großzügig hinweg. Nachdem ich alle Freibierlätschen begrüßt hatte, zündete ich mir eine Zigarette an. Die letzte als freier Mann.

Als ich so alleine über den Rathausplatz flanierte, wie einst Franz Beckenbauer 1990 in Rom, kam ich ins Überlegen, was für scheiß verdammtes Glück ich doch habe! Gleich so eine Frau heiraten zu dürfen, und diese verdammt schöne kleine Tochter, die wir bekommen haben.

Der letzte Zug an der Zigarette, und mein Onkel holte mich aus meiner Träumerei wieder heraus.

„Da isch das Mädle, die kommet jetzt!"

Ich sah das Auto, in dem ich meine Traumfrau vermutete. Der Audi parkte etwa zehn Meter vor mir. Man kann ja von Sisi-Filmen halten was man will, aber eine herzerweichende Stelle gibt es, da werden selbst Männer schwach. Und zwar die, als sie nach langer Krankheit wieder ihren Mann und Ihre Tochter sieht. Genauso stand nun ich da, gekniet mit meiner Kleinen an der Hand und wartete bis die Tür aufging. Dann kam sie, ein Traum aus weiß, ocker, dunkelweiß, blau, schwarz, ich weiß es nicht mehr! Wie kann man in so einem Moment auch an Farben denken! Ich wusste nur, dass dies die Frau ist, mit der ich mein Leben verbringen möchte. Ich hatte zum ersten Mal das Gefühl nach Hause zu kommen, so wie die Queen Mary 2 ihren Heimathafen nach einer Weltreise anläuft. Sekunden später fühlte ich mich aber eher wie die Titanic. Denn meine Augen trafen auf die meiner Schwiegermutter, und die sagten mir sowas wie: "wenn Du mir meine Tochter schon nimmst, versenke ich dich und du säufst ab wie ein alter Kutter".

Kapitel 16. Umzug in´s Nirgendwo

Was muss ein Mann in seinem Leben alles machen? Ein Kind zeugen, ein Haus bauen und einen Baum pflanzen. Ich fand zwar diese Vorgabe einen absoluten Schwachsinn, aber zwei Dinge hatte ich bereits erledigt. Jetzt wollte ich die Sache auch zu Ende bringen, und mich nicht anschauen lassen. Um ein Haus zu bauen oder zu kaufen fehlte mir immer noch das nötige Kleingeld. Aber wenn nicht kaufen, dann wenigstens mieten, dachte ich mir. Die Zeitungen waren voll mit Angeboten, und darum konnte ich es mir aussuchen, wo denn mein kleines Häuschen sein sollte. Ich wollte eigentlich in meiner damaligen Gegend bleiben, aber meine Frau fand sie nicht geeignet. Mit einem kleinen Kind, wäre die Stadt zu riskant, meinte sie. Bei der Bedeutung des Wortes Stadt, hatten wir verschiedene Ansichten. Bei mir fing eine Stadt ab einer Einwohnerzahl von zweihunderttausend an, bei ihr schon bei zehntausend. Da meine damalige Gemeinde 11.500 Einwohner hatte, lebten wir also in ihren Augen in einer Großstadt und das würde wie schon gesagt, auf gar keinen Fall in Frage kommen. Ihr schwebte ein kleines Dorf vor, das am besten in der Nähe ihrer Eltern lag. Deswegen wurden auch die Immobilienanzeigen der verschiedenen Tageszeitungen von ihr vorher zensiert. Alle Angebote die für mich in Frage kamen, wurden schwarz ausgelackt. Bei einer Samstagsausgabe kam sie aus dem frohlocken gar nicht mehr heraus. Sie las mir die Anzeige vor, schon mit einem Blick in den Augen, der nichts Gutes versprach:

Reihenaus im Münchner Norden, 150 qm, großer Garten ab sofort zu vermieten. Miete 1.350 Euro + NK.

„Wo ist denn dieses Kaff", fragte ich ziemlich genervt.

„Im Norden, da komme ich ursprünglich her bevor du mich in die Stadt verschleppt hast."

„Norden?? Dann kann ich gleich in die Zone ziehen. Tragen die da nicht noch Cowboystiefel und Vokuhila-Frisuren?"

„Vereinzelt, nimmt aber mittlerweile ab."

„Schatz bitte, da wohnen Leute die es bis heute nicht gecheckt haben, das die 80`vorbei sind. Manta-Witze erzählen sie sich außerdem auch noch nebenbei. Da willst du hin, das kann nicht dein Ernst sein", fragte ich sie entgeistert.

„Meine Eltern wohnen gleich in der Nähe, das hat nur Vorteile", meinte sie. Schon war sie von der Idee nicht mehr abzubringen. Ich sah mich schon mit meinen Schwiegereltern jeden Tag beim Grillen. Mittlerweile mochte ich sie ja ganz gerne, aber jeden Tag im Dunstkreis von ihnen zu sein, konnte ich mir wirklich nicht vorstellen. Während ich mir schon das schlimmste ausmalte, war sie bereits mit der Vermieterin am telefonieren. Nach zwei Beruhigungszigaretten berichtete sie mir von dem Gespräch. Das Haus wäre in einer ruhigen Seitenstraße, in unmittelbarer Nähe sämtlicher Einkaufsmöglichkeiten. Haustiere und Kinder wären erlaubt. Gerade das letztere war in Deutschland leider nicht mehr selbstverständlich.

Freudestrahlend berichtete sie mir weiter, dass wir am Wochenende einen Besichtigungstermin hätten. Vielleicht hätte ich ja Glück und ein Erdbeben macht bis dahin den Münchner-Norden platt, dachte ich mir. Ich hatte kein Glück und musste am darauffolgenden Wochenende in die verhasste Gegend. Nach längerem Suchen fanden wir auch die ruhige Seitenstraße. Die zahlreichen Einkaufsmöglichkeiten hatten wir ebenfalls gesehen. Einen kleinen Edeka und eine Dorfwirtschaft hatte dieses Kaff. Ich parkte mein Auto vor dem Haus, was sich schnell als fataler Fehler herausstellte. Einen älteren Mann gefiel wohl meine Parkposition nicht, und bat mich deshalb mein Auto um zu parken.

„Ja Du saubläds Rindvich! Park deinen scheiß blädn Stodtwogn woanders hi, Du Saudepp Du greisliger."

Schallte es mir entgegen.

Das war doch schon mal ein guter Anfang, dachte ich mir. Die Vermieterin beobachtete das Schauspiel, und bat uns in das Haus. Ich kam der freundlichen Bitte des umparkens natürlich nicht nach.

Wir schauten uns um und ich konnte wirklich keine Fehler sehen. Das Haus war Tip-Top in Ordnung. Die Zimmeranzahl war so hoch, dass ich locker noch zwei Kinder hätte zeugen können und mit diesen auch im Garten spielen könnte, denn der war ebenfalls der Hammer. Das Haus war gut, die Lage nicht. Ich könnte mir ein Leben bei diesen Inzestbrüdern einfach nicht vorstellen, beschloss ich. Völlig begeistert fiel mir meine Frau in die Arme. Sie war hin und weg und richtete sich schon in Gedanken ein. Sie jetzt mit meinen Zweifeln zu belästigen, fand ich unfair und musste mir deshalb eine andere Taktik zurechtlegen. Ich durfte nicht als Spielverderber dastehen, diesen Part müsste ein anderen übernehmen.

„Ich finde das Haus klasse, aber wer sagt uns denn, dass wir es überhaupt bekommen? Gibt bestimmt ne Menge Bewerber", versuchte ich sie auf den Boden zu holen.

„Die Vermieterin mag uns, und falls bei der Selbstauskunft alles stimmt, bekommen wir es. Hat sie mir schon zugesteckt," zwinkerte sie mir zu.

AHA, das war das Rad an dem ich ein wenig drehen musste, dachte ich mir. Ein paar Fragen falsch beantworten und schon fielen wir aus dem Raster der guten Mieter. Beim Verabschieden drückte uns die ältere Dame auch den Wisch in die Hand, von dem ich mir meinen Erfolg versprach.

Selbstauskunft

Haben sie SCHUFA-Einträge:

Ja, meine Schufa-Liste reicht von Hier bis Hamburg.

Liegt eine Lohnpfändung vor:

Mein kleiner, beschissener Lohn kann gar nicht gepfändet werden.

Angaben zum Arbeitgeber:

400 Euro-Job an der Tanke um die Ecke.

Unterhaltspflichtige Personen :

Fünf uneheliche Kinder, können aber auch mehr sein. Keine Ahnung.

Warum interessieren Sie sich für das Haus?

Weil ich die 80´liebe, so mit NENA und so.

Waren Sie innerhalb der letzten fünf Jahre in einer Justiz-Vollzugsanstalt?

Ja klar! Schön wars!

Zumindest beim letzten Punkt hatte ich nicht gelogen.

So, meine Hausaufgaben hatte ich gemacht, jetzt müsste der Wisch nur noch zur Vermieterin und spätestens in zwei Tagen würde die Absage kommen. Falls die sich überhaupt nochmal rührt, dachte ich mir.

Drei Tage später war es dann auch soweit. Meine Frau hielt einen Brief in der Hand, der von unserer Vermieterin war. Meine Spannung hielt sich in Grenzen. Nach den Angaben konnten wir das Haus nicht bekommen haben, da war ich mir totsicher. Da ich mir das Lachen kaum noch verkneifen konnte, musste ich aus dem Raum. Ich ging auf den Balkon um eine zu rauchen, ich hatte noch nicht mal das Feuerzeug in der Hand, da hörte ich schon ein furchtbares Geschrei.

„Ole ole ole ole, wir ziehn in den Norden, ole, ole ‚ole.", kam es mir entgegen.

„Armes krankes Mädchen, jetzt hat sie das lesen verlernt", dachte ich mir bei meiner Siegerzigarette.

„Schau hier, der Mietvertrag. Müssen nur noch unterschreiben."

Verdammt, was wurde hier gespielt, das konnte doch gar nicht sein. Beim Durchlesen des beiliegenden Briefes wurde ich aber schnell aufgeklärt.

Mit freundlichen Grüßen

ihre Annemarie Hochstetter

P.S. Ich mag Leute mit Humor!!!

So das ging mal gründlich in die Hose, jetzt musste Plan B greifen. Das war meine letzte Chance.

„Mausilein, hast Du Dir schon mal Gedanken um die Finanzierung gemacht, ich meine so 1.350 Euro verdienen sich ja nicht von alleine", fragte ich beiläufig.

„Ja habe ich, wir vermieten das Studio".

„Grandiose Idee, und an wen bitteschön?"

„An Deine Mutter, ist schon alles besprochen. Die will unbedingt wieder nach München, auf Malle ist es ihr zu langweilig."

„Bitte was, an wen willst Du untervermieten?"

„An deine Mutti!"

Jetzt brauchte ich noch eine Kippe, das konnte alles nicht wahr sein. Hatte sich die ganze Welt gegen mich verschworen?? Erst eine Vermieterin die Spaß verstand, und jetzt würde meine Mutter noch bei uns wohnen. Das war zu viel für einen Tag und so beschloss ich erst mal heia zu machen.

Der Einzugstermin war für Mitte Dezember ausgemacht. Anfang November waren schon alle Kisten gepackt und wir lebten wie die Assis noch in der alten Wohnung. Sie konnte es kaum mehr erwarten aus der Großstadt rauszukommen.

Der Umzugswagen war randvoll mit ihren Sachen. Meine wurden nochmal sorgfältigst untersucht, ob sie wirklich mit in das neue Haus mussten. Die meisten hatten diese Vorbesichtigung nicht geschafft und landeten auf dem Sondermüll.

Nach zwei Wochen Eingewöhnungsphase kannte ich den Weg zum Edeka im Schlaf. Aber die eigentliche Bewährungsprobe stand erst an. Der Einzug meiner Mutter. Meine Frau freute sich schon diebisch, denn nun hatte sie ihre „Busenfreundin" bei sich ganz in der Nähe. Meine Mutter und meine Frau waren ein Team, die verstanden sich blind und hatten nur Scheiß im Kopf. Genau aus diesem Grund wunderte mich bei diesen beiden gar nichts mehr. Ungefähr zwei Wochen nach dem Einzug meiner Mutter, hatten die beiden eine verdammt gute Laune als ich von der Arbeit kam. Ich hörte nur ein gackern und gekichere und erlaubte mir mal kurz nachzufragen, was denn so lustig sei.

„Ach Schatz, das war so geil heute", lachte es aus ihr heraus.

„Ja was denn?"

„Bin heute in ne Radarfalle gefahren."

„Und was ist daran so lustig?"

Fragte ich mal nach.

„An sich noch gar nichts, aber ich habe gewendet und bin nochmal reingefahren."

Wie blöd konnte man eigentlich sein, zweimal in dieselbe Radarfalle zu brettern, dachte ich mir. Sie war aber noch nicht fertig.

„Dann haben Mutti und ich dem Kasten den Mittelfinger gezeigt", jetzt fing auch meine Mutter das weinen an vor lauter lachen.

„Ihr habt was getan??"

„Geil oder, bin ich nicht ein böses Mädchen?!"

„Ja und vor allem ein ziemlich dämliches. Der Spaß kostet euch mindestens fünfhundert Euro wegen Beamtenbeleidigung. Eines kann ich dieser Spaßfraktion jetzt schon mitteilen, ich zahl das bestimmt nicht", schrie ich sie an.

Jetzt saßen sie da wie ein frisch gevögeltes Eichhörnchen, und fanden ihre Aktion gar nicht mehr so lustig.

Nach zwei Monaten kam dann auch der Strafbefehl von der zuständigen Staatsanwaltschaft. Jeder von den zwei Spaßvögeln musste sechshundert Euro bezahlen. Meine

Laune hatte sich mittlerweile auch gebessert, und ich fand die Aktion im Großen und Ganzen als Recht gut gelungen.

Einen ganz großen Vorteil hatte es, dass meine Mutter nun das Studio bewohnte. Erstens konnte die Staatskasse in regelmäßigen Abständen mit Zusatzkohle rechnen, und zweitens konnten wir auch mal wieder in den Urlaub fahren. Sie konnte auf den Hund aufpassen, der sonst in einer Pension gelandet wäre.

Kapitel 17: Urlaub

Der alljährliche Familienurlaub stand auf dem Programm. Weder das Budget noch die Auftragslage erlaubten einen großartigen Südseeaufenthalt. So kam es, dass meine Frau die Idee hatte, doch dieses Jahr nach Italien zu fahren. Das wiederum kam für mich auf gar keinen Fall in Frage. Ich hatte 2006 ein Versprechen abgegeben, und das würde ich auf jeden Fall halten. Sollte ich es wirklich brechen, was würde mich erwarten? Eine fünf qm große Parzelle mit Blick auf die veralgte Adria, oder war die Freude auf die Schlaglochautobahn doch größer? Auf jeden Fall hätte ich spätestens am Brenner schon zwei Beleidigungsklagen am Hals!

"Warum Italien, bitte nicht!" Flehte ich sie an.

"Warum nicht?"

"Wegen der Italiener, die kann ich nicht ab!!"

"Ach Schatz vergiss doch mal was 2006 passiert ist."

"Kann ich nicht, will ich nicht!"

„Und was ist mit Francesco?" Fragte sie mich entgeistert?

"Was soll mit dem sein?"

"Seit einem halben Jahr gehst Du jeden Donnerstag mit ihm zum Tennisspielen!"

"Der war seit seiner Taufe nicht mehr in Italien", versuchte ich meinen neuen Spielpartner zu verteidigen.

" Und Massimo?"

" Ist Franzose, und nur von seinen notgeilen Eltern so genannt worden, weil der damals beim Bahnhofsitaliener gezeugt worden ist. Sie fanden es spaßig ihm den Namen des Lokals zu geben."

" Ach so, wusste ich nicht!"

Gott sei Dank kamen wir nicht auf eine solch dumme Idee. Eine Tochter mit dem Namen "zur dicken Sophie" hätte sich nicht gut angehört.

" Gut dann stimmen wir ab", unterbrach sie mich um meine weinerliche Stimme nicht mehr hören zu müssen.

In wichtigen Dingen, in denen keine einstimmige Entscheidung zu erwarten war, musste immer der Familienrat tagen. Jeder hatte eine Stimme. Der Antrag, dass ich als Oberhaupt zwei bekommen würde, wurde abgelehnt.

Ich musste mir was einfallen lassen. Die Probeabstimmung am Vormittag verhieß nichts Gutes. 2:1 für Italien. Wie konnte das passieren? Wie hatte es das Luder geschafft meine Tochter auf ihre Seite zu bringen? Ich denke immer an das Gute im Menschen, und bei den Sätzen wie:

" bekommst den ganzen Sommer jeden Tag ein Eis, oder ich schimpfe auch nie wieder bei den Hausaufgaben", kam ich beim besten Willen nicht auf den Gedanken das da was nicht mit rechten Dingen zugehen könnte! Wir befanden uns mitten im Krieg, und ich war umzingelt von Überläufern denen ein tägliches Eis wichtiger war als meine heiligen Versprechen. Insgeheim wusste ich natürlich, warum meine Frau so hinterhältige Intrigen führte. Sie hatte so eine Flugangst, dass sie selbst bei einem Hinweisschild zu einem Flughafen bereits Nervenzusammenbrüche erster Güte bekam. Und genau in diese Wunde musste ich rein, überlegte ich mir, um wenigstens ein Remis zu erstreiten. Auf den Weg in die Küche fing ich sie ab und bluffte wie ein Pokerspieler, der „all in" war, aber nichts auf der Hand hatte.

"Ich werde die Abstimmung gewinnen, und dann bekommst nicht die Lufthansa sondern eine schöne türkische Gesellschaft. Die verteilen am Eingang noch Schraubenzieher", grinste ich sie an!

"Mir egal, habe die Schokoladenration noch erhöht, ihre Stimme ist mich sicher", erwiderte sie mir erfreut! Gut, sie war wirklich auf alles vorbereitet. Durch das grauenvolle Anstimmen von „ Oh Sole mio", bestätigte sie es mir nochmal.

Noch fünf Stunden um nicht mein Gesicht vor der ganzen Welt zu verlieren. Nicht viel aber es musste reichen, um nicht zwei Wochen lang diese Spagettidreher ertragen zu müssen.

Lass Deinen Gegner das Gefühl des Sieges, so kann er keine weiteren Schweinereien planen, war schon das Motto von J.R. und Bobby Ewing. So verhielt ich mich auch.

"Ok, ok ihr habt gewonnen, rief ich ehrfürchtig durch das Treppenhaus, was wollt ihr denn essen, Papa spendiert was vom Roma!"

"Eine Kinderpizza Salami", hallte es aus den Kinderzimmer.

" Oh ja was nehme ich denn, wie wär es denn mit Döner? Ach ne gibt's ja nur in der Türkei. Lasagne, aber mit extra viel Käse zur Feier des Tages", schallte es siegessicher aus dem Klo.

Genau zwei Gäste waren bei unserem Stammitaliener und trotzdem schafften sie es nicht, die vereinbarte Zeit einzuhalten. Mit zwei Teigfladen und einer Lasagne machte ich mich fröhlich auf den Weg nach Hause, in Vorfreude auf das was mich erwartete.

Kaum die Tür aufgemacht stürzte mir auch schon eine siebenjährige aufgeregt entgegen, und war so aufgeregt als ob sie gerade den Weihnachtsmann und den Osterhasen gleichzeitig gesehen hätte.

"Papa, Papa schau mal!!"

"Was denn mein Engelchen?"

" Hier!"

Ich hielt genau den Flyer in der Hand, den ich drei Stunden zuvor meinen alten Freund Thomas in Auftrag gegeben hatte.

Sensation!!

Playmobil eröffnet Outletshop in Antalya.

Jedes Kind bekommt DREI Teile umsonst!

Danach, immer noch 80% billiger wie in Deutschland. Und wenn der Papa seinem besten Freund eine hübsche zwanzigjährige mitnimmt, nochmal extra Sonderbonus.

Der letzte Satz war so nicht abgemacht, aber trotzdem begann das Blatt sich zu wenden!

"Wo issen dieses Antalya", fragte mich mein kleiner Engel.

"Bin mir nicht ganz sicher, aber ich glaub in der Türkei", sagte ich beiläufig.

„Aber lass uns erst mal was essen, die Pizza wird kalt und dann schmeckt sie noch schlechter als sonst", ermahnte ich sie. Nicht ohne sie zu beobachten, was sich in ihrem kleinen Kopf so abspielte.

Das alleine hätte mir wahrscheinlich schon die wichtige Stimme gebracht, aber ich musste auf Nummer sicher gehen. Beim ersten Bissen in die Kinderpizza Salami verzog sie Ihr Gesicht so, als wenn Angela Merkel in den Spiegel schaut.

"Wasser, Wasser, bitte Wasser flehte sie uns an!"

"Das italienische Tafelwasser oder das vom Aldi" fragte ich sie nicht sonderlich beeindruckt.

"Egal, nur Wasser, das brennt wie Feuer!" Meine Frau sprang auf und hechtete in die Küche, aber vorher gab sie mir einen Rempler in die Seite, der nichts Gutes versprach.

"Du kannst doch nicht unseren halben Pfefferbestand auf Ihre Pizza verteilen, und dazu noch die selbst angebauten Pepperonis", raunzte sie mich an.

"Warum ich?" Was kann ich dafür wenn der Pizzabäcker seinen Job nicht beherrscht", verteidigte ich mich!

"Ja genau, und Steffen Henssler ist ein zweitklassiger Kiosk Buden Besitzer!"

Keine Ahnung was der ist, auf alle Fälle möchte ich nicht, dass mein kleiner Augenstern von den Mafiosis zwei Wochen lang vergiftet wird. Dieser Meinung war nach zwei Litern Aldi-Wasser meine Tochter auch, und so gab sie mir ihre wichtige Stimme.

"Bin mal gespannt, wie Du einen Playmobil Shop so schnell aufbauen möchtest", keifte sie mich im Angesicht ihrer Niederlage an.

Egal welchen Vorschlag ich auch machte, nichts war gut genug. Obwohl ich meine Drohung mit der türkischen Chartermaschine zu fliegen zurücknahm.

"Bevor ich in ein scheißdrecksverficktes Flugzeug steige, lasse ich mich lieber scheiden. Besser noch, ich heirate einen Italiener und nehme dich aus wie eine Weihnachtsgans."

"Ach Schatz, Abstimmung ist Abstimmung und die hast Du verloren", versuchte ich sie zu beruhigen.

"Die hast Du nur gewonnen weil Du keine Skrupel hast. Lena hatte noch zwei Wochen einen roten Kopf und Aldi kam mit dem Ordern von Wasser nicht hinterher."

Die Lufthansa Maschine 543 Richtung Antalya hob pünktlich ab. Neben mir meine vollgedröhnte Frau, die sich alles eingeschmissen hatte was unser Apothekenschränkchen so hergab. Gegen Flugangst hilft nun mal keine Asperin, erklärte sie mir und so griff sie zu sämtlichen Mittel die mit „ Pam" endeten. Das sind die ganz fiesen unter den fiesen, erklärte uns der Mann aus der Selbsthilfegruppe "Keine Angst beim fliegen!"

Nach den üblichen Begrüßungsfloskeln unseres Kapitäns kam die Stelle, die meinen kleinen Junkie aus dem Tal der Träume riss:

„…. Und heute fliegt uns der zweite Offizier nach Antalya!"

„.. wie, der zweite Offizier? Der Lehrling fliegt heute? Was ist mit dem ersten oder dem eigentlichen Kapitän?"

"Geht nicht, die haben noch Restalkohol von gestern Abend intus!"

"Dann können die doch gar nicht fliegen."

„Machen sie ja auch nicht, macht der Lehrling!"

Gott sei Dank fing die dritte Pam zu wirken an und ihr war es mittlerweile scheißegal wer den Vogel jetzt flog, auch wenn es die Chefstewardess gewesen wäre.

Bis kurz vor Istanbul war es ein ganz normaler ruhiger Flug, und somit konnte meine Frau ihren Medikamenten-Rausch ausschlafen. An diesem Nachmittag hatte Gott wohl

Langeweile und wollte ein wenig Spaß. Auf jeden Fall erschien aus heiterem Himmel eine Schlechtwetterfront. Die Durchsage des Piloten war doch etwas beunruhigend und das erste was meine Frau, beim Wiedereinritt in die Atmosphäre sah, war eine alte Dame, die einen Rosenkranz betete.

"Du blöder Arsch", zischte es mir entgegen.

Als ob ich was für die schlecht Wetterlage könnte.

"Noch ne Pille? So ne blaue hattest Du noch nicht?"

"Was ist los?"

"Nichts Besonderes."

"Und warum wackelt es hier so?"

"Weißt Schatz, wir sind über Istanbul."

""Was hat das damit zu tun?"

"Sag bloß, du weißt das nicht?"

"Was weiß ich nicht?"

"Dort unten krachen die Kontinentalplatten aufeinander und deshalb ist es da oben etwas unruhig", klang logisch, was auch meine Frau meinte und widmete sich wieder ihrem Drogen-nickerchen. Die eine war wieder im Tal der Träume, die andere nervte mich seit dem Start ob sie lieber die

Pferderanch, den Campingbus oder doch lieber die Tierklinik haben möchte.

"Und das ist wirklich alles ohne Geld, Papa?" Fragte sie mich.

"Ja Süße. Immer noch. Wie schon über Wien, Budapest, und der ganzen Strecke."

"Verdammt, was war das?" Fuhr es neben mir hoch!

"Istanbul, Kontinentalplatten, alles völlig normal!"

Es ist schon komisch, man kommt jahrelang in das Gefängnis wenn man eine windige Muschel ausführen möchte, aber bei einer vollgedröhnten Frau, die durch den Zoll wankt, kommt keiner auf den Gedanken mal näher nachzufragen. Nach einem kleinen Schläfchen in der Hotellobby kam meine Liebste wieder zu sich und befand das Hotel als ganz hübsch und nett. Ein Fünf- Sterne-Hotel in der Türkei ganz nett? Ganz klar, ihre Niederlage steckte ihr noch in den Knochen, oder war es doch die blaue Pille, die ich ihr über Ankara noch nahegelegt hatte?

Für einen Familienvater ist Zeitmanagment im Urlaub von allergrößter Bedeutung. Während sich die anderen Zeugungsunfähigen bis vormittags in den Betten vergnügen und dann auf den letzen Drücker beim Spähtaufsteher Frühstück erscheinen, tummelt sich unsereins schon um acht Uhr morgens auf den Spielplatz, mit anderen Müttern und Vätern. Man redet sich selber ein, wie schön es doch sei, mehr vom Tag zu haben. Die meisten meinten das auch so, und man würde sie gerne vom Gegenteil überzeugen. Doch im Ausland Gewalt anzuwenden ist taktisch sehr unklug. So hat man vierzehn Tage nicht nur sein Kind, sondern auch dessen neue Freunde, mit deren bescheuerten Eltern an der Backe.

Was man auch macht, wo man sich auch versteckt, die finden einen. So kommt es, dass man sich spätestens am sechsten Tag am Kinderbuffet trifft, sich an viel zu kleine Tische setzt und den Kleinen beim vollsauen ihrer Kleider zusieht. Der Lärmpegel ist so erbärmlich hoch, dass jeder der vorbeikommt sich nur denkt: „Was sind das für arme Säue!"

Ein weiterer Versuch meine Tochter von den Vorzügen des Mini-Clubs zu überzeugen scheiterte, in dem sie mir erklärte, dass sie mich ja auch den ganzen Tag nicht sehen würde und sie sich so auf mich gefreut hat.

„Schau mal Süße, Mama hat ein Problem mit den Pillen vom Flugzeug, die braucht jetzt meine Hilfe", versuchte ich eine halbe Stunde rauszuschlagen.

„OK, aber erst holst du mir ein Eis, dann eine Cola und danach bauen wir noch eine Sandburg! Und wann machen eigentlich die Wasserrutschen wieder auf?"

Viele Eltern sitzen bei vierzig Grad in der prallen Sonne und lassen sich volllaufen, nur um den inneren Schmerz zu betäuben. Irgendwann gibt jeder auf, der Wille eines Kindes ist stärker als der eigene. Vor allem wenn man weiß, das einem nach zwei Wochen Urlaub wieder ein ruhiges Büro mit

High-Speed Internet erwartet. Am letzen Tag baute ich eine Sandburg, in der sich drei Senioren beinahe die Beine brachen, und ich hatte eine ausgesprochen gute Laune. Der nächste Urlaub war erst in einem Jahr geplant, und so konnte ich mich jetzt zwölf Monate lang erholen. Ob Gott meine Gedanken lesen kann, ich weiß es nicht. Auf jeden Fall kam meine Frau zu mir und sagte, dass wir morgen nicht fliegen werden.

„Mach dir keine Sorgen, wir finden das Pillendöschen schon wieder", versuchte ich sie zu beruhigen! Und dann steigen wir mit der besten Laune in den Flieger, mein kleiner Bonusmeilensammler."

„Depp, darum geht es gar nicht!"

„Um was dann?"

„Mir schon klar, dass Du nichts mitbekommen hast."

„Ja wie denn auch, ich bau seit zwei Wochen jeden Tag drei Sandburgen, und jede Zeitung landet ungelesen in dem Papierkorb."

„ Vulkanausbruch auf Island".

„Mir doch wurscht, wer oder was auf Island ausbricht. Pass auf, du gehst jetzt erst mal zum Friseur, dann bist auf alle Fälle die schönste morgen am Flughafen."

Während meine Frau schon mal übte mich auszunehmen und den kümmerlichen Restbestand unserer Urlaubskasse beim Hotelfriseur in Strähnen anlegte, hörte ich meine neuen Freunde aufgeregt diskutieren. Musste doch was dran sein, denn es fielen Worte wie: „kompletter Flugverkehr eingestellt, und wie kommen wir hier weg". Die Lage wurde nicht besser, als ich zum ersten Mal seit dreizehn Tagen wieder mal was anderes angeschaut habe als KIKA. Auf allen Kanälen berichteten sie dasselbe. Freudestrahlend kam mein Eheweib, nicht nur vom Friseur, sondern auch von sämtlichen anderen Einrichtungen die unser Hotel so anbot. So war sie frisch maniküret und am ganzen Körper massiert.

„Und wie sehe ich aus?"

„Gut!"

„Ahmet bekommt noch fünfzig Euro, hatte nicht genug dabei!"

„Du hattest alles dabei, was wir noch hatten", schaute ich sie entgeistert an.

„Du hast gesagt ich soll zum Friseur, und jetzt machst mich an?"

„Schon gut, ich geh jetzt zum Geldautomaten und gebe dem schmierigen Massageheini seine Restkohle und dann schauen wir, ob wir hier irgendwie wegkommen", versuchte ich sie zu beschwichtigen.

Vielleicht hätte ich doch mehr Zeitungen lesen oder wenigstens mal die Nachrichten schauen sollen, denn am Automaten gab es keine Euro mehr. Der Vorbote zum drohenden Weltuntergang? Amerikanische Dollar und Türkische Lira waren alles was mir der Betonkasten anbot. Ich entschloss Dollar zu nehmen, da es selten möglich war, mit der heimischen Währung zu bezahlen.

Am nächsten Morgen kam ich von meiner täglichen Runde vom Spielplatz an der Rezeption vorbei, und es war genau so wie es sich beim Geldautomaten abgezeichnet hatte. Aufgebrachte Deutsche und sehr ruhige Türken, die was von höherer Gewalt faselten, schlugen sich die Köpfe ein. Nur mit einem Unterschied. Die waren am längeren Hebel und das wussten sie auch. Der gesamte Flugverkehr war eingestellt und so musste mein kuschliges Büro noch ein wenig auf mich warten.

Hätte ich die Möglichkeit zwischen einer Nierensteinzertrümmerung und einem Haufen gestrandeter Ossis zu wählen, ich würde ersteres nehmen. Es gibt nichts nervigeres, als Zonis die nicht nach Hause dürfen. Erst wollten sie fünfzig Jahre ins Ausland, und durften nicht, jetzt sind sie´s und alle wollen wieder heim! Verstehe einer die Kevin´s und Mandy´s dieser Welt. Eine Woche ging das Theater, die meisten hatten nur die Sorge dass das Bier knapp wird, ich dagegen hatte wirklich ernste Probleme: ich wusste keine neuen Sandburgen mehr, und wollte einfach nur arbeiten.

Schlusswort

Jetzt bin ich Anfang vierzig und habe die Hälfte meines Lebens damit verbracht, einen Traum hinterher zu jagen, der es nicht wert war.

Mag sein, dass ich in zwanzig Jahren wieder das Bedürfnis verspüre, es 365 Tage mollig warm haben zu wollen, dann aber nicht mehr alleine, sondern mit meiner Frau. Was gibt es schöneres, als händchenhaltend am Strand zu spazieren und sich gegenseitig die neuesten Krankheiten mitzuteilen.

Ich war ganz oben, und ich war ganz tief unten. Sämtliche Wettanbieter zählen heute noch mein Geld, Jack Daniels musste Leute mangels Absatzes entlassen, und die spanische Sonne geht jeden Tag ohne mich auf.

Jetzt bin ich im sozialen Mittelmaß und fühle mich sauwohl. Genau das Leben, von dem ich immer Abstand nehmen wollte, ist genau das, was mich wirklich glücklich macht. Ein kleines Reihenhäuschen im Münchner Umland, ein Auto das gerade so durch den TÜV kommt, und einen Hund der um´s verrecken nicht hören möchte; Ja genau das war es, dass ich die ganze Zeit gesucht habe.

Bereits im März buche ich den alljährlichen Familienurlaub, informiere mich per Internet über die neuesten Sandburgenvarianten, und freue mich schon diebisch auf die Spagettischlachten am Kinderbuffet.

Es ist mittlerweile nicht leicht geworden eine Familie in Deutschland über Wasser zu halten, aber der größte Lohn für all die Arbeit ist es, wenn die eigene Tochter sagt: PAPA, ich hab Dich lieb!

-ENDE-

Laupet.org

Ab Dezember 2013 das neue Buch:
„**Meine Zahlen!!**"